MADEMOISELLE MARGUERITE

LUCIEN FARAGO

MADEMOISELLE MARGUERITE

roman

LES ÉDITIONS DU CERF
29, bd Latour-Maubourg, Paris.
1977

ISBN 2-204-01179-7

A Frédéric, Elisabeth et Stéphane tendrement.

Aime et fais ce que tu veux
Saint Augustin

Ce récit n'est pas une fiction. Toute ressemblance entre les héros de cette histoire et des personnages vivants ou morts n'est pas fortuite.

L.F.

Mademoiselle Marguerite m'aperçut dès que je poussai la porte du café-restaurant et se glissa vers le mur pour me faire de la place au comptoir. A travers la vapeur des plats, sous la lumière bleue et rose des néons, elle paraissait jeune, presque une enfant.

— Eh, bonjour, Monsieur, dit-elle en agitant sa fourchette. J'ai justement pensé à vous. J'ai mis ce matin à Notre-Dame-des-Victoires un cierge de trente francs pour moi et un cierge de cent francs pour vous. L'avez-vous senti ?

Mademoiselle Marguerite m'avait condamné depuis longtemps, probablement à perpétuité, à prononcer des assertions délibérément contraires à la vérité, mais cette apparence fausse ne trouble ni mon appétit ni mon sommeil. Je répondis donc que je l'avais senti et que j'en étais heureux et reconnaissant.

— Côte de mouton, ris de veau, poulet rôti, pot-au-feu, annonça le garçon les yeux embués d'indulgence.

L'autre garçon m'offrait, lui aussi, un sourire en or, tandis que la caissière riait sous cape. Elle ressemblait à ma blonde cousine Constance, mathématicienne, pianiste, championne de natation, écœurante enfant prodige, exemple dix mille fois évoqué par maman à l'époque cauchemardesque de mon adolescence. Ils étaient consolants, réconfortants, encourageants, les deux garçons de café et la caissière. Ils offraient leurs absolution et pardon à l'ingénieur qui avait la témérité de dîner tous les soirs avec une marchande de journaux octogénaire.

— Je vous paye un verre de beaujolais de quarante-cinq francs, Monsieur. C'est bon avec le pot-au-feu.

— Merci, Mademoiselle Marguerite. Plus tard. Voulez-vous une autre bière ?

— Non, non, protesta-t-elle. Je vous coûte trop cher.

Elle me gronde souvent comme une maîtresse modeste et raisonnable gourmande son amant prodigue. J'acquiesçai de la tête et commandai un demi de blonde chambré parce que Mademoiselle Marguerite avait la gorge fragile.

— Je n'ai pas bien dormi cette nuit. Elle s'essuya les lèvres avec un morceau de mie de pain. — J'avais mal aux reins, alors j'ai lu la Bible. — Elle regarda autour de nous et, en baissant la voix, elle demanda : « Monsieur sait comment Jésus a guéri la jeune fille ? »

— La jeune fille ? Laquelle ?

Le garçon déposa le plat fumant devant moi.

— Un pot-au-feu hors série avec un os à moelle extra, Monsieur Laurentin.

Un murmure d'admiration, doux et harmonieux, se leva dans la salle remplie de chauffeurs de taxi et monta en crescendo ainsi qu'un cantique. Ils soupesaient et dégustaient des yeux la viande bouillie et l'os à moelle entourés de poireaux, de navets et de carottes. J'hésitais à rompre l'harmonie de cette nature morte composée de main de maître.

Seule Mademoiselle Marguerite restait indifférente. Aucun pot-au-feu, aucun cantique ne pouvait la distraire, j'en étais instruit par une longue expérience. Elle vérifia du regard si personne ne l'écoutait.

— Alors, un jour, une jeune fille est tombée malade, dit-elle à voix basse. Elle avait mal à la tête, à la poitrine, au ventre, aux reins, terrible comme elle avait mal. Sa mère n'avait pas d'argent pour appeler le médecin parce qu'elle était femme de ménage et quand on fait le ménage des autres, on est toujours pauvre. Elle a entendu dire que Jésus se reposait sous un figuier dans le village et elle est allée le voir. Mais Jésus ne se reposait plus, il avait fait justement un sermon sur la montagne et dit que si quelqu'un voulait lui demander quelque chose, il le recevrait. La femme de ménage avait un peu peur de Jésus, mais ses voisines la poussaient vers lui parce que la jeune fille criait tellement la nuit qu'elle réveillait tout le monde. « Monsieur, ma fille est très malade », qu'elle dit. « Elle souffre, souffre et elle pleure tout le temps. » Alors Jésus a dit : « C'est triste, Madame. Où est-elle, cette pauvre petite ? » La femme de ménage était gênée parce qu'il n'y avait pas beaucoup de meubles dans son appartement, mais il était propre quand même.

— Voulez-vous me passer le poivre, dit un chauffeur de taxi portant un gros chandail de couleur bleu ciel. Il gratifia d'un regard admiratif mon pot-au-feu. — Quel dommage que j'aie l'estomac fragile.

Mademoiselle Marguerite me toucha le bras :

— Monsieur sait ce qui s'est passé ?

— Pas tout à fait, dis-je en me débattant avec

mon os à moelle. Je suppose toutefois que Jésus est allé voir la jeune fille.

— Oui, dit-elle avec un large sourire. La jeune fille était au lit et elle pleurait. Ça faisait mal au cœur à tout le monde, même à un petit basset qui lui léchait la main pour la consoler. « Où avez-vous mal, Mademoiselle ? » qu'il dit Jésus. « Ici, au ventre, à la poitrine, au dos, partout, Monsieur le Docteur. » Mademoiselle Marguerite fit une moue amusée. — La jeune fille a pensé que Jésus était un médecin... Alors, il a mis la main sur la tête de la malade et, soudain, un démon est sorti de son corps. Oui. Et elle n'avait plus mal nulle part, elle était guérie. — Mademoiselle Marguerite coupa en deux une carotte. — Comment est-ce, un démon ? Ses grands yeux brillaient dans le halo bleu des néons ; elle avait l'âge de la jeune fille guérie.

— Un démon ? dis-je, après avoir vidé soigneusement mon os à moelle — un démon, c'est grand et gros, et il fait peur.

Mademoiselle Marguerite était contente.

— Oui, il fait peur. C'est pour cela que le petit chien a aboyé quand il est sorti du corps de la jeune fille. Elle était heureuse, la chère petite. « Merci, merci, Monsieur » qu'elle dit. La femme de ménage a voulu lui donner toutes ses économies, mais Jésus a dit qu'il n'acceptait pas d'argent et qu'il guérissait la jeune fille de bon cœur. « Quand quelqu'un est malade, il faut le guérir, c'est tout naturel », qu'il dit. Tout le monde a complimenté Jésus, mais il est parti. Forcément. Il n'aime pas les compliments. A votre santé, Monsieur.

Je levai mon verre :

— A votre santé, Mademoiselle.

— Moi, j'aime bien les carottes. C'est bon à manger. Monsieur les aime aussi ?

— Modérément, Mademoiselle.

— Quand j'étais petite fille, j'en mangeais beaucoup. Mon père était adjudant en Algérie et à la mort de maman il avait pris sa retraite. Alors il avait acheté une petite maison à Epinay et dans le jardin il y avait des choux, des salades, des radis et beaucoup de carottes. Papa aimait la Bible et, après le dîner, il lisait les guérisons des malades. Nous sommes allés une fois à Lourdes parce que mon père avait la goutte et, dans un magasin qui était plein de Vierges, de croix, d'amulettes et d'images saintes de Bernadette, il avait acheté un crucifix. Quand nous mangions, Jésus nous regardait, mais il était triste, terrible comme il était triste. — Elle posa sa fourchette sur le comptoir. — Pourquoi Jésus est toujours si triste ?

Je coupais avec application mon morceau de bœuf et dis après mûres réflexions :

— Il est triste parce qu'on l'a crucifié.

Mademoiselle Marguerite s'immobilisa pour examiner en silence les profondeurs indicibles de mes paroles. Elle leva soudain un doigt :

— Oui, mais quand Jésus a ressuscité, il était gai, n'est-ce pas, Monsieur ?

— C'est à supposer, répondis-je prudemment.

Mademoiselle Marguerite agita sa fourchette d'un air préoccupé.

— Si Jésus était gai, alors il a souri. Pourquoi ne sourit-il pas sur les crucifix ?

Je suis coriace et pourtant Mademoiselle Marguerite me tue à chaque repas au moins deux ou trois fois avec ses questions.

— Eh bien... dis-je après une longue hésitation. Il ne peut pas sourire parce qu'il est mort.

— Monsieur a raison, dit-elle sur un ton admiratif. Alors il faudrait faire des crucifix qui montreraient Jésus après la résurrection. Il sourirait et tout le monde serait dans la joie. — Elle leva ses yeux sur moi. — Les gens sauraient qu'après la mort il y a une autre vie, n'est-ce pas, Monsieur ? Et personne n'aurait peur de mourir. — Elle changea la position de ses pieds douloureux. — Je vous attendais hier soir à la maison.

Je commandai un autre ballon de beaujolais. Le pot-au-feu me pesait un peu sur l'estomac.

— On a volé la clé de ma chambre. Si Monsieur avait été avec moi, le voleur aurait eu peur. J'ai dit à la concierge que mon homme d'affaires viendrait et qu'il attraperait le voleur.

Elle se mit à ciller et, sans tourner la tête, je devinai que l'unijambiste faisait son entrée au café-restaurant. Cet Hercule rubicond était marchand de journaux, lui aussi, sur le trottoir d'en face, près de la bouche du métro, et il ne cachait guère son intention d'attirer à son stand la clientèle de Mademoiselle Marguerite. Depuis la bataille de Verdun, il se tenait en équilibre sur une béquille et un litron, il criait aussi fort les titres des journaux du soir que ses malheurs conjugaux.

— Hep, là-bas, m'interpellait-il tout à l'heure de sa voix tonitruante. Tu es un pote à Marguerite, patron, mais je te veux pas du mal. A elle non plus, tu peux lui dire. Ce que je veux pas, c'est qu'elle me chipe des clients avec sa gueule de sainte Nitouche, tu comprends ? Chacun dans son coin, hein, patron ? — Il se mit à hurler : « France-Soir, Paris Presse, Le Monde », puis il baissa la voix : — Je commence à avoir plein l'estomac de ma bonne femme. Qu'elle se laisse tripoter par le garçon boucher et le plombier, je m'en fous. La bagatelle, ça ne me dit plus rien, qu'elle s'amuse si cela lui chante, hein ? Mais qu'elle regarde toute la soirée la télé, ça non. J'ai pas épousé une sourde-muette, pas vrai ? Ah ! patron, si je pouvais l'étrangler sans aller en taule ! Bon Dieu de Bon Dieu !

Mademoiselle Marguerite lança un regard inquiet vers la porte et se plaignit des voleurs de clé et de l'unijambiste. Il y avait divorce entre sa voix et ses yeux de nouveau-né ignorant le mal.

— Il boit huit litres de vin par jour. Oui. Il serait gentil et tout, mais à cause du vin rouge, il est un peu mauvais. Ça ne fait rien, il faut lui pardonner quand même. Elle se glissa près de moi et dit en chuchotant : — Il veut tuer sa femme à cause de la télévision. Je n'ai jamais vu, la télévision, mais la caissière m'a dit que c'est comme le cinéma. Il n'y a pas de mal à ça, n'est-ce pas, Monsieur ?

— Les femmes ne sont bonnes que dans une bouillie pour les chats, cria l'unijambiste.

Le rire des chauffeurs de taxi répondit à la saillie fougueuse ainsi que le chœur dans un drame antique.

— Ce n'est rien, Mademoiselle. Il se calmera. Elle sortit de la poche de son tablier noir une poignée de pièces de cent francs :

— Il faudrait lui offrir une jambe artificielle. Monsieur sait combien ça coûte ?

— Remettez votre argent, Mademoiselle. Il est plus riche que vous.

— Je la lui offre volontiers. Avec une jambe neuve, il ne voudra plus tuer sa femme, n'est-ce pas, Monsieur ?

Connaissant le tempérament débordant de l'unijambiste, je me montrais sceptique sur l'issue d'un achat pareil. En fait, il était allergique aux appareils orthopédiques. Sans mettre en danger la paix de mon âme, j'ai donc pu affirmer qu'il en possédait un, mais qu'il ne le supportait pas. D'un geste hésitant, Mademoiselle Marguerite remit la monnaie dans sa poche en murmurant que, dans ce cas, la seule chance de survie pour l'épouse de l'unijambiste était que le marchand de journaux boive quatre litres de vin par jour, au lieu de huit.

— Un fromage, Monsieur Laurentin ? dit le garçon éloquent. J'ai un brie grandiose.

— Un brie ou un camembert, Mademoiselle ?

— C'est cher.

— Bon. Allons-y pour deux bries.

Près de moi, un chauffeur de taxi, roux, vêtu d'un blouson de cuir défraîchi, ingurgitait à grand bruit de la soupe aux légumes. Mademoiselle Marguerite lui rendit hommage :

— Comme il mange de bon appétit.

Son voisin, un autre chauffeur, aiguisait le couteau d'acier avec son couteau de poche puis il mit en pièces une côte de porc dorée, entourée de haricots blancs.

Mademoiselle Marguerite entama délicatement le brie et posa un coude sur le comptoir.

— Alors, Madame Dimanche est entrée dans ma chambre sans frapper. Je lui ai dit qu'elle n'avait pas le droit d'entrer avant de me demander la permission. Elle a ri. « Cette chambre serait bien pour un couple, et vous, vous seriez mieux dans une maison de vieillards », qu'elle dit. Je ne veux pas aller dans une maison de vieillards, j'aime mieux travailler. Si je suis dans un hospice, qui payerait ma chambre, ma nourriture, la note de blanchissage et tout ? Je vends bien les journaux, alors je peux payer mon logement, n'est-ce pas, Monsieur. Il est bon ce fromage. Permettez-moi de vous offrir un verre de rouge.

Je protestai, mais elle avait déjà pris une pièce de cent francs dans sa poche et la glissait sous mon assiette.

— Pourquoi ne commandez-vous pas le vin ? demandai-je en remettant la pièce dans la poche du tablier avec la prestesse et l'habileté d'un voleur à la tire.

— Parce que quand on offre quelque chose à quelqu'un, il ne faut pas que les autres le voient.

La magie de la générosité pudique ! J'entendis les battements précipités de mon cœur. L'ennoblissement est possible, je le sais. Mais comment m'élever au don de soi, à l'abandon, à la transparence de la marchande de journaux, que je n'avais jamais rencontrés nulle part. J'ai compris, ce soir seulement, que lorsque je vais à la rencontre de Mademoiselle Marguerite, j'ai rendez-vous avec moi-même. Pourvu que je ne me fasse pas faux bond.

— La fin du monde approche, hurla l'unijambiste.

Les chauffeurs de taxi, de plus en plus nombreux autour du comptoir, riaient noblement. La caissière leva une main menaçante et essaya de les faire taire.

Mademoiselle Marguerite hocha la tête :

— Pourquoi Madame Dimanche veut prendre ma chambre ?

— Elle s'appelle vraiment Madame Dimanche ?

Elle mâchait lentement le brie ; ma question lui coupa l'appétit.

— Ce n'est pas son vrai nom, n'est-ce pas, Monsieur ? Vous ne pourriez pas venir et...

— Je viendrai, Mademoiselle Marguerite, et lui réglerai son compte, vous verrez.

Elle me fit un large sourire :

— Parce que Madame Dimanche a peur des hommes d'affaires.

Je me contemplai furtivement dans la glace murale. Avais-je l'aspect d'un homme d'affaires ? Franchement, je n'en avais pas l'impression. Mademoiselle Marguerite me disait, pas plus tard qu'hier soir : « Quand je lis un bel article dans *France-Soir,* je pense à vous. Oui. » En m'enquérant prudemment de la cause de cette association d'idées inattendue, elle me répondit : « Parce que vous êtes intelligent. Très. »

Mademoiselle Marguerite coupa une petit morceau de brie et leva ses yeux sur moi.

— L'artiste aime beaucoup le fromage. Il est gourmand. Oh, là, là ! Mais il est rigolo. Forcément. Il était clown pendant trente ans. Oui. Il mettait un gros nez, une perruque rouge et un costume de toutes les couleurs, et il a raconté des blagues à la République, à Vincennes, à Lyon, partout, partout. Maintenant, l'artiste a soixante-quatorze ans et il vend des légumes aux Halles devant l'église Saint-Eustache. Monsieur devrait aller le voir, il vous donnera des salades à l'œil. « Je voudrais connaître ton homme d'affaires », qu'il dit. Un sourire éclairait son visage ridé. — Je suis plus âgée que lui, mais il me dit : ma fille. Il a une belle chambre dans le même couloir que la mienne, au sixième étage. J'ai une belle chambre, moi aussi, mais, à cause de ma main malade, je ne peux pas faire beaucoup de ménage. L'artiste a lavé dimanche mon tablier et il l'a raccommodé. Il est gentil, mais pas comme Monsieur. Quand il boit trop, il veut me toucher et je n'aime pas ça. Alors, il crie que je devrais avoir honte d'être une jeune fille à mon âge. « Les pucelles me dégoûtent », qu'il dit. C'est triste quand même, n'est-ce pas, Monsieur ? Il boit, il fume, terrible comme il fume, puis il s'agenouille et il chante l'Ave Maria. Ça, c'est beau. — Elle but une gorgée de bière et observa le fond de son verre. — L'artiste est un peu scandaleux, mais quand il ne boit pas, il est gentil. — Elle se tourna vers moi. — Monsieur n'est jamais scandaleux. Jamais. Vous irez au royaume de Dieu.

— Moi ? demandai-je, surpris par cette éventualité inattendue.

— Oui, parce que vous êtes brave. Et un bel homme.

— Oh, non, protestai-je mollement, penché sur le reste de mon brie.

— Si, dit-elle d'un air soudain grave. Monsieur sait que la vie éternelle c'est déjà ici, dans le bistrot, dans la rue, dans le métro, partout.

J'éprouvais une sensation douillette. Je me trouvais dans un bain turc, j'étais beau, intelligent, homme d'affaires et pas scandaleux comme l'artiste. A l'âge de quarante et un ans, je me baignais déjà dans la vie éternelle. La marchande de journaux me crée peu à peu un destin. Me donnera-t-elle la force et la persévérance d'aller jusqu'au bout de ce chemin aventureux ?

— J'ai mis un cadenas sur la porte de ma chambre, dit Mademoiselle Marguerite. Madame Dimanche ne pourra plus entrer quand je ne suis pas chez moi.

J'aperçus mon sourire dans la glace, un sourire qui m'était inconnu. Je l'offris à Mademoiselle Marguerite et, instantanément, elle me le rendit. Nous avions fermé la porte devant le nez de Madame Dimanche, de l'unijambiste, des garçons de café, de la caissière indulgente, du chœur des chauffeurs de taxi. Un cadenas invisible nous protégeait.

J'ai horreur de contrarier mes semblables, que ce soit mon président-directeur général, pionnier impatient et autoritaire des calculateurs électroniques, mes confrères, les ingénieurs de la Société aux paroles désinvoltes, sinon revêches, mon voisin insomniaque qui fait hurler son poste de radio à des heures indues de la nuit, bref, tous ceux qui entrent de près ou de loin quotidiennement dans mon existence. Mon ami, Louis Rosen, pratiquant un peu dévot pour mon goût de la religion catholique, et cependant amateur de la psychologie des profondeurs, affirme que mon manque d'agressivité est la conséquence logique du refus d'être propriétaire d'une automobile. Cette interprétation originale semble contredire l'irritation qui m'envahit lorsque mon épouse, pourtant mesurée et indulgente, me fait comprendre, avec une discrétion tantôt provocante, tantôt douloureuse, que je suis un menteur.

Ce matin, en rangeant des tulipes dans un vase noir et or, Marie-Odette était d'humeur maussade et ses gestes brusques présageaient l'orage. Je donnai un dernier coup de brosse à mes cheveux qui ont, hélas, de plus en plus une couleur de sel plutôt que de poivre, et annonçai d'une voix hésitante que je rentrerais ce soir avec un peu de retard à la maison.

— Ah ! dit Marie-Odette, et elle eut un rire bref. Tu es encore dans l'obligation de prolonger tes heures de travail, n'est-ce pas ?

Je gardai le silence et fixai du regard les tulipes flamboyantes.

— Tu mènes une vie malsaine, mon pauvre Maurice.

Je ris tout bas, cachant à peine ma contrariété. Visiblement, Marie-Odette était offensée.

— Si tu avais la foi... murmurai-je.

— La foi ? dit-elle d'un air hostile. La foi ? En qui ? En toi ou en Dieu ?

— Admire ma modestie : en nous deux, répondis-je en riant.

Mon rire n'était guère contagieux. Elle pointa un index accusateur sur moi.

— Dieu est peut-être un mythe. Mais toi, tu n'es pas une abstraction. Tu es un homme. Mon homme.

Elle m'observa les yeux plissés. Son visage blond avait perdu sa douceur habituelle ; il était dur, intimidant, celui d'un juste en face d'un imposteur.

— Ton homme ? dis-je sur un ton qui voulait être ironique. Tu possèdes le sens de la propriété à un haut degré, ma chérie.

— Je ne sais pas ce que tu veux dire, mais ne compte pas sur moi pour te partager avec une autre femme, dit-elle d'une voix aiguë. Je préfère la solitude au partage.

C'est ce que je pensais, moi aussi. Au milieu de l'harmonie bourgeoise de notre salle à manger, en face de l'ange de justice qui portait mon nom depuis quatre ans et sept mois, et que j'aimais, il était évident que je n'oserais pas avouer la présence d'une autre femme dans ma vie, fût-elle octogénaire.

Je pourrais être héroïque comme André Malraux qui avait délaissé sa jeune femme pour aller à la recherche de la Reine de Saba dans une ville déserte de l'Arabie. Mais Mme Malraux pouvait dormir tranquille : la plus belle femme du monde était une reine morte, la tentatrice du roi Salomon et de saint Antoine était une chimère fabuleuse ou, dans le meilleur des cas, un squelette. Elle n'existait, au fond, que dans l'imagination folle du mari, créateur et souverain du « Royaume farfelu ».

Ma reine de Saba est une femme en chair et en os.

Je ne peux tout de même pas expliquer à Marie-Odette que la beauté de ses yeux est souvent froide, intimidante ou exigeante, et que ceux de Mademoiselle Marguerite, qui ont presque la même forme et la même couleur, m'offrent une tendresse inédite et des secrets d'une joie dont je veux posséder la clé. Marie-Odette m'oblige à être un homme authentique ou factice, jongleur jaloux des machines électroniques, technicien impénitent de la recherche fondamentale intéressée ; Mademoiselle Marguerite me permet d'oublier mes ambitions, convoitises, fanfaronnades et appétits dévorants. Marie-Odette, ancienne élève brillante de l'Ecole des Sciences Politiques, me cite souvent le chantre de Charles de Gaulle, exaltant l'état de grâce où fut l'histoire de France. Mademoiselle Marguerite, qui n'a lu qu'un seul livre dans toute sa longue existence, me fait découvrir l'état de grâce tout court, sans hiéroglyphes et sans histoires. En présence de Marie-Odette, je suis quelqu'un. Sous le regard couleur de mer de la marchande de journaux, je crois être moi-même.

Tout cela est exagéré et, peut-être, absurde. Il

devrait arriver un moment qui me laisserait libre et dispos pour passer aux aveux. Mais je ne vois pas Marie-Odette dînant avec nous deux au comptoir du café-restaurant, entourés de chauffeurs de taxi. Est-ce à cause de ses habitudes, ses préventions, ses préjugés ou, soyons humbles et honnêtes, parce que je tiens à garder pour moi seul ma reine de Saba vivante ?

Marie-Odette, les yeux chargés d'une tristesse grave et froide, prononça :

— J'ai les mystifications en horreur. Vingt-quatre heures, voilà ce que je te donne pour réfléchir. C'est à toi de jouer à présent.

Elle quitta brusquement la salle à manger, les bras chargés d'un plateau avec les restes de notre petit déjeuner.

— Monsieur a parlé au savant ? me demanda Mademoiselle Marguerite sur un ton presque mondain.

Les bureaux de ma Société foisonnaient de savants vrais ou prétendus tels, mais je ne me souvenais pas d'en avoir parlé à la marchande de journaux.

— Quel savant, Mademoiselle Marguerite ?

Elle fronça ses sourcils blancs :

— Mais... dit-elle en agitant sa fourchette.

— Ah ! ce que je peux être étourdi, m'écriai-je. Bien sûr, bien sûr.

Je suis distrait et ma mémoire n'enregistre pas toujours avec la précision voulue ce que j'avais inventé la veille.

— Il n'a rien dit de triste ?

— Au contraire, répondis-je rapidement. Le savant m'a prié de vous annoncer que vous vivrez jusqu'à cent ans.

Marie-Odette me ferait remarquer qu'être moi-même signifiait : mentir sans pudeur et même avec effronterie. Mademoiselle Marguerite leva sur moi des yeux limpides, confiants et reconnaissants. Un abus de confiance dans toute sa splendeur. J'en étais honteux et, cependant, miracle ! je soutins calmement son regard.

— Une salade, Monsieur Laurentin ? dit le garçon, les dents en or bien en évidence.

Mademoiselle Marguerite intervint :

— Mangez-la avec de l'ail, c'est bon pour la santé.

Je n'ai aucune attirance particulière pour l'ail ; à vrai dire, il me donne la nausée. J'acceptai néanmoins la suggestion. Ce sera ma pénitence.

Sous la lumière crépusculaire des néons, Mademoiselle Marguerite semblait être plus fragile et usée que d'habitude. Elle portait dans son corps, exposé depuis toujours à la chaleur, à la pluie, au vent, à la neige, les possibilités de toutes les maladies d'une vieille femme vivant dans la rue. Elle marchait lentement, péniblement, elle mangeait peu, sans appétit : la marchande de journaux existait au ralenti. Sa place était depuis longtemps dans un hospice mais, suivant le diagnostic autorisé de son homme d'affaires qui était, par-dessus le marché, savant prophétique, elle y aurait dépéri rapidement.

— Vous devez bien manger et vous reposer le plus possible, voilà ce que prescrit le savant.

Mademoiselle Marguerite m'écouta les lèvres entrouvertes.

— Cent ans... murmura-t-elle émerveillée. Je lui ferai un beau cadeau. Et à Monsieur aussi. Je vous apporterai la Sainte-Famille assise sous un parasol.

— Non, Mademoiselle, gardez-la.

Intrigué, je demandai :

— La Sainte-Famille est assise sous un parasol ?

Un nuage passait devant ses yeux immenses. Le marchand de journaux unijambiste hurla à l'entrée du café-restaurant :

— C'est pas une vie, mon vieux. Les clients me font mourir de soif.

— Il boit trop, dit Mademoiselle Marguerite. Elle me fit signe d'approcher. — Monsieur vivra aussi jusqu'à cent ans ?

— Je ne le crois pas, Mademoiselle.

Elle s'adressa aux petits pois qu'elle tenait en équilibre sur sa fourchette.

— Si, si. Vous êtes surveillé. Vous vivrez aussi longtemps que Moïse.

Les yeux brillants, elle savoura mon étonnement.

— L'Israélite m'a dit que Moïse a vécu jusqu'à cent vingt ans, parce qu'il était doux et juste. Comme Monsieur. Elle était ma voisine pendant la guerre et quand je n'ai rien trouvé dans les épiceries, elle m'a offert des pommes de terre et du fromage. Elle lisait la Bible tous les jours, mais elle ne souriait jamais. Quand je lis la Bible, je ne suis jamais triste parce que j'entends parler Dieu. L'Israélite a dit que le Messie doit venir pour apporter la paix. Je ne voulais pas la vexer, mais j'ai répondu quand même que le Messie est déjà venu et que c'était Jésus. « Si Jésus était le Messie, les chrétiens ne détesteraient pas les Juifs en son nom », qu'elle dit. Alors, je lui ai montré la Bible où il est écrit que le salut vient des Juifs. Si le salut vient des Juïfs, on ne peut pas les détester, n'est-ce pas, Monsieur ?

— Voici la plus belle salade de Paris, annonça le garçon.

Je reniflai la chicorée frisée :

— Vous y avez mis trop d'ail, Michel.

— Une petite gousse, Monsieur Laurentin Comme pour un premier communiant.

Les chauffeurs de taxi riaient en chœur. Quel bon public.

Mademoiselle Marguerite poussa un profond soupir :

— L'Israélite est morte. Quand les agents ont fracturé la porte, elle s'était tiré une balle de revolver dans la tête. Le marchand de chapeaux du cinquième étage a raconté à tout le monde que les Juifs étaient des banquiers millionnaires et des communistes. Quand on est communiste, on ne peut pas être millionnaire, n'est-ce pas, Monsieur ? Alors l'artiste a pris la chambre de l'Israélite.

Je me sentais empesté d'ail. La pénitence était dure.

— Monsieur n'a pas beaucoup d'appétit aujourd'hui.

— Je mange lentement pour mieux digérer. Du fromage, Mademoiselle ?

— Je veux bien. Mais c'est moi qui paye aujourd'hui.

Je bus une gorgée de vin afin d'atténuer les effets fâcheux de l'ail.

— Vous avez affirmé plusieurs fois déjà que Jésus n'aimait pas les radins. Laissez-moi donc payer.

L'argument était de poids. Mademoiselle Marguerite céda.

Elle sourit et s'adressa de nouveau aux petits pois.

— Cent ans, dit-elle comme dans un rêve. Alors, j'ai encore vingt ans à vivre. Non, pas tout à fait vingt. — Elle compta sur ses doigts. — Deux, puis cinq, ça fait quatre-vingt-dix. Oui. Encore dix-sept ans... Mais il ne faut le dire à personne. Le savant ne serait pas content. Et l'unijambiste est tellement jaloux, ajouta-t-elle en lançant un regard timide vers le marchand de journaux.

Le garçon déposa devant nous le fromage :

— Regardez cette splendeur, Marguerite. C'est le plus beau camembert de ma vie.

— Merci, dit-elle d'un air absent. J'ai toujours laissé le Bon Dieu choisir pour moi. Je dois vivre jusqu'à cent ans, alors c'est bien. C'est ce qu'il décide que j'aime.

Mademoiselle Marguerite se tut et toucha avec son couteau le fromage gras. Profitant de ce moment d'inattention, je repoussai mon assiette et commandai un bleu de Bresse.

« Dieu s'amuse avec vous, me disait cet après-midi dans son bureau Louis Rosen. Vous l'avez évité pendant longtemps et puis, soudain, il vous donne rendez-vous devant le comptoir d'un bistrot. Dieu vous trouve à son goût. — Et vous en êtes juge ? — Oh, non, ami. Mais je commence mes journées par cette demande : « Mon Dieu, hier comme aujourd'hui, faites pour moi, dans la vie de l'autre, briller votre visage. » Osez nier que votre marchande de journaux ne vous propose pas ce visage. »

A ce moment précis de la soirée, la marchande de journaux me proposa un autre verre de beaujolais. Après un bref marchandage, elle me demanda :

— Monsieur sait comment Jésus a donné à manger aux pauvres ?

Je pris mon verre, en faisant signe que je l'ignorais.

Mademoiselle Marguerite attendit quelques secondes et jeta un coup d'œil prudent dans la direction du garçon éloquent.

— Alors beaucoup d'hommes et de femmes ont suivi Jésus dans le désert où il a fait un sermon, dit-elle à voix basse. J'entends tous les dimanches les sermons de Monsieur le Curé de Notre-Dame-des-Victoires, mais, après la prédication, il ne demande jamais aux pauvres s'ils ont faim ou soif. Jésus l'a demandé. Pourquoi ?

Etudiant en chimie et en physique, j'ai appris que l'essentiel de la science réside dans une suite de pourquoi sans cesse résolus et sans cesse renaissants. Les pourquoi de Mademoiselle Marguerite me rappelaient irrésistiblement ces oscillations qui troublaient les chimères bien nourries du rationalisme de mes jeunes années. Est-ce une chimère neuve de penser qu'à présent je suis blindé comme une casemate construite de mes propres mains ?

Je répondis après avoir entamé mon bleu de Bresse :

— Le curé de Notre-Dame-des-Victoires n'a probablement pas les moyens de nourrir ceux qui ont faim.

Mademoiselle Marguerite hocha la tête.

— Jésus était bien plus pauvre que Monsieur le Curé. « Ils mangeront tous avec nous », qu'il dit. Les disciples rouspétaient parce qu'ils n'avaient plus que cinq pains et sept poissons, et c'était leur dîner. Jésus n'était pas content. Tous ces hommes et ces femmes n'ont pas mangé depuis midi et il ne pouvait pas les renvoyer le ventre vide. Qu'est-ce qu'ils auraient pensé de lui ?

Cette dialectique était subtile et rigoureuse et, cependant, pour mon goût, un peu provocatrice.

— Si les disciples n'avaient que cinq pains et sept poissons, il était difficile de donner à manger à tant de monde, dis-je.

Mademoiselle Marguerite eut un sourire qui effaça ses rides. Les paupières mi-closes, elle me lança un regard malicieux :

— Oui, oui. Mais la boulangerie et la poissonnerie étaient toutes proches. Aussi proches que Monsieur l'est de moi.

— Ils se trouvaient donc dans un village ?

— Non. Dans le désert où il n'y avait pas de magasins, pas de bistrots, rien que du sable. Monsieur sait comment Jésus a fait ?

Je ne lui donnai aucune indication ni dans un sens ni dans l'autre : j'attendis.

Sa main droite, qui n'avait que quatre doigts, avançait vers la corbeille où il restait quelques morceaux de pain.

— Regardez, chuchota-t-elle. Jésus a pris un pain, comme moi. — Elle leva les yeux vers le plafond peint en vert. — Il a montré le pain à son père et il a prié, terrible comme il a prié.

Ainsi que Hamlet, je doutais soudain de tout ce que j'ai pu supposer et croire. Avais-je affaire à une innocente les mains pleines ou à une vieille femme bigote, embellie et enrichie par son imagination exubérante ? Je vidai mon verre et demandai brusquement :

— Je serais heureux de savoir ce que Jésus a dit afin de pouvoir devenir à la fois une boulangerie et une poissonnerie ?

Mademoiselle Marguerite resta imperturbable. D'un geste lent, elle posa le morceau de pain dans la corbeille en murmurant quelques mots incompréhensibles.

— Ce qu'il a dit ? Voilà... Il a dit : « Vous êtes mon père et le père de tout le monde. Alors vous savez que quand les pauvres ont faim, ça leur fait mal au cœur et mal au ventre. — Sa voix devint implorante. — Donnez-nous, s'il vous plaît, du pain et du poisson pour que tout le monde mange bien. Que votre volonté soit faite et ils connaîtront votre miséricorde et votre amour. »

Mademoiselle Marguerite se tut. Pendant quelques minutes elle sembla être isolée du reste du monde. J'avais le sentiment d'être délaissé, livré à la solitude.

Comme réveillée en sursaut d'un sommeil profond, elle tourna son visage radieux vers moi.

— Alors, le morceau de pain est devenu deux morceaux de pain, puis encore un autre et il y en a eu cent et deux cents et mille morceaux. Et les poissons de même. On a allumé un grand feu et les femmes ont fait cuire des merlans, des soles, des sardines, de tout. Il y avait tellement de pains et de poissons que les chiens et les chats se régalaient, eux aussi.

Mademoiselle Marguerite coupa en deux son camembert. Une ombre passa sur son visage.

— L'artiste ne croit pas que Jésus a donné à

manger aux pauvres. « C'est de la blague, les curés t'ont bourré le crâne, ma fille », qu'il dit. Alors, j'ai répondu que c'était dans la Bible. Il a craché par terre et a crié que je lui cassais les oreilles avec la Bible. Je ne lui parle plus de Jésus, ni de rien. L'artiste n'aime pas le bon Dieu, il n'aime que manger et boire. Sa femme est morte, mais il ne veut pas se remarier. Forcément. Il a soixante-quinze ans. — Elle me lança un long regard. — Monsieur se mariera peut-être un jour.

— Moi ? demandais-je en feignant la surprise. J'entendis la voix sèche de Marie-Odette : « Je te donne vingt-quatre heures pour réfléchir. »

— Alors, vous ne pourriez plus dîner avec moi.

Je répondis qu'une épouse ne pourrait jamais être un obstacle entre elle et moi.

— Un homme marié dîne avec sa femme et ses enfants, dit-elle.

— Pas toujours, Mademoiselle Marguerite. Pas toujours.

En mâchant son fromage, elle médita visiblement la profondeur de mes paroles.

S'il est vrai que le grotesque est la source la plus riche que la nature puisse offrir à l'art, alors je suis le créateur d'un chef-d'œuvre. On ne peut imaginer un ménage plus uni que le mien et je n'ose pas avouer à Marie-Odette la présence de la marchande de journaux dans ma vie. On ne peut imaginer une relation plus innocente que celle que j'entretiens avec la marchande de journaux et j'hésite à lui révéler ma situation familiale.

« Vous avez fondé un ménage à trois », me disait cet après-midi l'impitoyable Louis Rosen en me fixant avec un œil d'éléphant débonnaire. « Un ménage à trois, m'écriai-je. C'est absurde ! — Bien sûr, dit-il calmement. Pour qui sait comprendre, l'absurdité est un révélateur. — Eh bien ? — Eh bien, vous mettrez fin à toute équivoque en vous ouvrant à Marie-Odette. — Elle n'acceptera jamais Mademoiselle Marguerite. » Il posa sa main puissante sur mon épaule et eut un large sourire : « Oh, homme de peu de foi ! »

— Moi, je n'ai jamais voulu me marier, dit Mademoiselle Marguerite.

Un sexagénaire, le ventre en avant, vêtu d'un pardessus jaune, entra et tendit la monnaie à la marchande de journaux.

— J'ai pris *France-Soir*, grand-mère.

— C'est un ministère, dit Mademoiselle Marguerite quand l'homme quitta le café-restaurant.

En effet, le client avait l'allure solennelle et importante de toute une administration.

— Monsieur s'est fâché contre Madame Dimanche ?

Je me recueillis avant de répondre. Pourquoi aurais-je dû me fâcher contre cette inconnue ?

— Vous avez crié, alors Madame Dimanche a eu peur et elle a mis mes clés volées sous le paillasson. Merci beaucoup, Monsieur.

— Oh, non, protestai-je. Je n'ai rien fait.

— Vous n'avez rien fait de mal parce que vous êtes brave. Mais Madame Dimanche a peur des hommes d'affaires.

J'oublie de temps à autre que, grâce aux soins mystérieux de Mademoiselle Marguerite, je suis devenu membre honoraire de cette corporation. Oui, je suis l'irrésistible homme d'affaires qui n'a même pas besoin de se présenter devant Madame Dimanche pour qu'elle rende les clés à Mademoiselle Marguerite. Si j'avais eu le courage et l'honnêteté de lui expliquer que je n'y étais pour rien, elle eût rendu hommage à ma modestie et à mon humilité. Les clés auraient-elles par hasard des jambes et seraient-elles allées toutes seules jusqu'au paillasson ? Ce déplacement fut donc l'œuvre de l'homme d'affaires omnipotent. Il est doux et juste, l'homme d'affaires, il est la douceur et la justice mêmes, malgré son ménage à trois et sa double vie, mais, quand il se met à crier, tout le monde apporte les clés volées et les pose sous les paillassons.

La voix frêle franchit les bruits grandissants de la salle :

— Avant d'être bonne chez Monsieur le Curé d'Epinay, j'ai été cuisinière chez un banquier. Il y avait un valet de chambre, un chauffeur, une gouvernante et beaucoup de monde venait dîner tous les soirs. Un jour, quelqu'un a volé une petite statue en or de Monsieur. Malheur ! La police est arrivée et Monsieur le Commissaire a fouillé dans mes affaires. « Et cette statue ? qu'il dit, qu'est-ce que vous en avez fait ? » Alors j'ai répondu que quand on aime Jésus par-dessus tout, on ne peut pas prendre ce qui ne vous appartient pas, n'est-ce pas, Monsieur ?

— Michel, dis-je au garçon qui ramassait les assiettes, deux cafés et deux rhums.

— Non, non, protesta Mademoiselle Marguerite et elle changea la place de ses pieds chaussés de pantoufles épaisses.

Le Commissaire de police se réveilla en moi :

— Quand on aime Jésus par-dessus tout, on ne peut pas se marier non plus, n'est-ce pas ?

Mademoiselle Marguerite me considéra un instant, pensive, hésitante, les yeux à demi clos.

— On peut se marier, dit-elle lentement. Le valet de chambre du banquier, un bel homme, fort et grand, voulait m'épouser. Mais il était comme l'artiste. Il disait que Jésus était un bobard inventé par les millionnaires pour mieux commander les pauvres. Un bobard, Jésus ? J'étais triste, mais je ne pouvais pas me marier avec le valet de chambre. Quand on est mari et femme, il faut aimer Jésus tous les deux. Ou alors, il faut rester jeune fille.

Le garçon dépose les tasses de café devant nous et remplit les verres.

— Je vous apporterai demain de la viande, dit-elle en me couvant d'un œil tendre. C'est un boucher de la rue Saint-Denis qui compte souvent mes pièces de monnaie, alors, une fois par semaine, j'achète un bifteck chez lui. C'est bien normal, il travaille gratuitement pour moi. Je ne mange pas de viande et c'est toujours l'artiste qui veut la prendre. Mais, à partir de demain, la viande est à Monsieur. Je vous apporterai un beau morceau de côte de veau.

— Je vous remercie, Mademoiselle, mais je ne fais pas de cuisine.

— Je vous l'apporterai quand même. — Elle eut un faible sourire. — Cent ans, cent ans... Ce n'est pas possible... — D'un air grave, elle leva son verre : — A votre santé, Monsieur.

Je fis de Mademoiselle Marguerite une centenaire et elle, elle m'apportera une côte de veau.

Donnant, donnant.

Dans le silence de l'appartement, les meubles perdent leur forme et la solitude m'encercle. « Partie. Marie-Odette est partie », me dis-je sans y croire.

Je suis assis dans sa chambre au milieu de bibelots et de tableaux familiers. La petite machine à écrire verte me rappelle sa manière particulière de se gratter le front en cherchant une expression juste et vivante à ses idées. Sûreté dans le choix des pensées et sûreté dans celui des mots, voilà ce qui eût pu être la devise de Marie-Odette, sauf, naturellement, en ce qui concernait son mari.

A vrai dire, je ne me considérais jamais comme un homme uni à une femme par le lien du mariage et lui devant fidélité, secours et assistance au niveau des conventions du 16ᵉ arrondissement. Marie-Odette n'y voyait aucun inconvénient ; ma vocation de célibataire ne la dérangeait nullement, elle l'amusait. Esprit clair, d'une imagination vive et d'une sensibilité plutôt virile, elle semblait comprendre que cette *vocation* n'était que le refus de laisser banaliser notre vie commune.

« Tu es un intellectuel de gauche en quête d'utopie. » Sa beauté paraissait plus éclatante lorsqu'elle se montrait inique envers moi. L'injustice était un institut de beauté faisant valoir sa blondeur et la lumière vert-bleu de ses longs yeux. Ces yeux tentaient de pénétrer aussi bien dans les secrets des liens qui nous unissaient, que dans les méandres des luttes sociales contemporaines et des crises successives de notre fragile civilisation. L'intellectuel de gauche apportait à ses recherches des informations sur l'évolution des industries électroniques, le développement du rôle des ordinateurs ou l'avenir des exploitations nucléaires, et elle, elle scrutait, analysait, disséquait le sens de la vie des hommes munis de ces engins.

Nous avions fait des voyages en Allemagne fédérale, au Japon, aux Etats-Unis, visitant des cités neuves, des usines, des universités, des installations de toutes sortes. Dans les décors fabuleux, les hommes paraissaient subir plutôt que dominer leur destin. Marie-Odette interrogea des hommes et des femmes, des jeunes surtout, en concluant immanquablement que, pour des raisons contradictoires, les satisfactions matérielles ne suffisaient qu'à peu de personnes. Nous avons noté les variations des modes de vie, la poussée des troubles et de la violence, les perturbations de l'ordre établi. Mais Marie-Odette était ambitieuse et décida de réunir dans un livre les définitions possibles de ces expériences.

Nos préoccupations étaient, sinon identiques, du moins parallèles, notre complicité grandissante.

Assis dans le large fauteuil gris, un peu défraîchi, j'écoutais tous les soirs, après notre repas, la voix grave qui me transmettait le progrès du travail quotidien et m'interrogeait, avec une inflexion inquiète, sur mes réactions au texte lu. Puis, nous arrosions notre accord ou notre mésintelligence, d'un verre de whisky bien tassé, savourant lucidement, joyeusement, notre intimité.

Et cette intimité serait détruite parce qu'un soir, j'ai acheté, comme d'habitude, *le Monde* et apporté ma pièce à la marchande de journaux qui se trouvait dans le café ?

Mademoiselle Marguerite me regarda attentivement et me gratifia d'un sourire humble et radieux, incompréhensible. Puis, après avoir glissé la pièce dans la poche de son tablier noir, elle me demanda la permission de m'offrir *un bon verre de vin rouge.*

Je voudrais bien dresser l'inventaire de cet événement imprévu et imprévisible à un moment où j'étais préoccupé, je m'en souviens bien, de l'instrument d'un Anglais qui permet de photographier les électrons et les rayons cosmiques. Etablir un inventaire de ce mélange de surprise, de perplexité, de fascination qui envahissaient mon esprit, oui, mais comment ?

En toute humilité, je deviens metteur en scène. J'organise la représentation : la voici. Marie-Odette pénètre dans le décor de notre appartement par une claire soirée d'automne avec *le Monde* sous le bras et prononce : « Je te prie de me pardonner, mais j'ai pris un verre avec ma marchande de journaux et nous avons eu une longue conversation passionnante. » Profond, mais muet étonnement du mari. Elle pose le journal sur le marbre de la commode et poursuit lentement, rêveusement : « Je me demande si la vraie ambition ne réside pas dans l'entraînement quotidien de se situer plus près de la puissance invisible sans être détaché des hommes ? » Et elle ajoute : « Il est très possible que l'existence d'une vieille marchande de journaux pèse d'un poids infiniment plus lourd devant cette puissance invisible que celui des plus importants savants, ingénieurs ou constructeurs de cités. »

Quelle réplique eût donnée le mari à cette Marie-

Odette délirante ? Il eût répliqué qu'à la place de « puissance invisible » elle pouvait mettre le mot « Dieu », cela ne le dérangerait absolument pas, mais qu'il serait temps de passer aux problèmes sérieux, c'est-à-dire à la définition du prolétariat dans les sociétés hautement industrialisées.

A la seconde même où ma mise en scène atteignit ce sommet, j'entendis tourner la clé dans la serrure de la porte d'entrée. Je voulus me lever et aller à sa rencontre mais, comme pris en flagrant délit, je restai immobile sous la lumière orange que filtrait l'abat-jour japonais. Il n'y avait qu'à se mettre à table.

Parut une étrange Marie-Odette, souriante, détendue, vêtue d'un tailleur couleur thé que je lui avais offert pour son dernier anniversaire. Elle lança un regard vers les rangées de livres qui dormaient dans l'ombre et me dit bonsoir d'un ton enjoué en m'embrassant longuement, tendrement.

— Cachottier, dit-elle enfin, et elle se mit à rire.

Questions et réponses se pressaient confusément dans ma tête lourde, mais je me tus. Faute de mieux, j'ai la vocation du silence. Ce n'est, évidemment, qu'une prétention, car je sais bien que, scientifiquement parlant, le silence n'existe pas, même aux profondeurs de la mer.

Elle ôta ses gants, sa veste ; je n'avais qu'à la

regarder pour reconnaître qu'entre la lanceuse d'ultimatum du matin et cette Marie-Odette douce et affable, il n'y avait aucun trait commun.

Tirant une bouffée de sa cigarette, elle s'assit en face de moi. Je la trouvai toute nouvelle, presque une étrangère.

— J'ai dîné ce soir avec Louis Rosen, dit-elle brusquement.

Je crus mal comprendre, mais Marie-Odette, sans faire la moindre attention à ma stupéfaction, ajouta :

— Ainsi donc, il a fallu attendre cette invitation pour apprendre que tu me trompais avec une marchande de journaux octogénaire. — Elle eut un rire maternel. — Cent années de vie commune ne suffiraient pas pour connaître l'homme que j'aime.

Elle se leva, se planta devant moi et, en caressant mon visage, elle prononça d'un air compatissant :

— Tu es surmené, mon chéri. Ton travail est déjà très fatigant et je te charge, par-dessus le marché, avec le mien. — Elle s'assit sur le bras du fauteuil et prit ma main : — Je suis certaine que tu ne le prendras pas mal si je te conseille de faire une légère psychothérapie.

Je sifflai d'admiration. La psychothérapie, légère comme une plume d'hirondelle, me rendra de nouveau sain d'esprit et me débarrassera de l'encombrante marchande de journaux.

Je ris à petit bruit et allai préparer deux whiskies afin de trinquer à nos retrouvailles.

Le temps et l'espace derrière ma choucroute, spécialité du café-restaurant. Il ne doit pas être facile de minuter les allées et venues des garçons transportant les plats fumants et les assiettes sales. Passer sa vie à poser la question : « Et comme boisson ? » Non, pas de vin, pas de bière aujourd'hui ; une mixture forte couleur d'ambre. Une psychothérapie légère me ferait un grand bien tout de même.

— Vous êtes tous des saltimbanques, cria le marchand de journaux unijambiste.

— C'est ce que je pensais, moi aussi, dit un chauffeur de taxi et il posa sa fourchette sur le comptoir pour applaudir. La vérité sort d'un puits de vin rouge, ajouta-t-il d'une voix de basse, pleine de « r » admirablement roulés.

L'ambiance était frétillante, folichonne ; la gaieté dans toute sa fraîcheur originelle.

Seule, Mademoiselle Marguerite restait circonspecte :

— Ce n'est pas bien de rire d'un infirme. Si les chauffeurs de taxi et la caissière n'avaient qu'une jambe, ils n'aimeraient pas qu'on se moque d'eux, n'est-ce pas, Monsieur ? Savez-vous ce que l'artiste a dit ? Il a dit que l'unijambiste était un maquereau. — Elle mangea lentement du riz aux oignons puis demanda : « Qu'est-ce que c'est qu'un maquereau ? »

Je gardais les yeux fixés sur ma choucroute.

— C'est un poisson, Mademoiselle Marguerite.

Elle hocha la tête :

— Quand il est en colère, l'artiste dit n'importe quoi. — Elle se redressa en touchant d'une main son dos voûté. — Je lui donne trois cents francs par jour pour le ménage et un litre de vin. Et quand il lave le plancher ou les vitres, il demande cent francs de plus. — Elle dit bonsoir à un chauffeur de taxi, paru dans la brume des néons, et me regarda d'un air absorbé. — Monsieur croit que quand on prie pour quelqu'un, il devient meilleur ?

J'observais le visage sillonné de rides. Pourquoi l'innocence n'est-elle pas d'une nature contagieuse comme la scarlatine ?

— C'est à souhaiter, répondis-je avec précaution.

Elle glissa quelques grains de riz entre ses lèvres minces.

— Il faut prier pour l'artiste parce qu'il n'est pas toujours bon.

Je grignotai sans appétit mon jambon un peu salé et demandai si elle priait tous les jours.

Mademoiselle Marguerite semblait tomber des nues ; j'avais posé une question idiote, c'était évident. Elle leva en l'air sa main, qui n'avait que quatre doigts, et dit très bas :

— Quand je me réveille, quand je mange, quand je vends les journaux, quand je suis dans le métro, je prie. Alors, je ne suis jamais seule, jamais. Mais il ne faut le dire à personne, ajouta-t-elle, et ses joues creuses rosissaient.

J'ébauchai un geste rassurant en rendant grâces mentalement à Marie-Odette d'avoir décliné mon invitation de partager notre repas. En écoutant Mademoiselle Marguerite, elle eût pu changer d'idées et décider un traitement autrement plus sévère pour moi qu'une simple psychothérapie.

— Donnez-moi un ballon de bordeaux, Michel.

Un quadragénaire chauve, à la moustache rousse, portant une courte pèlerine de laine, se glissa derrière nous et fit signe à la marchande de journaux.

— J'ai fait vos commissions, Marguerite. Voici vos clés.

— Merci, Monsieur. Vous êtes brave. Je vous paye un bon verre de vin.

L'homme eut un recul.

— Je ne bois pas de boissons alcoolisées, vous le savez bien, dit-il en levant ses sourcils clairsemés.

— Alors, je vous donne *le Monde*. C'est le plus cher.

— Non, merci, dit-il mollement.

— Si, si. Vous travaillez pour moi. Venez.

— Ne vous dérangez pas. Je le prendrai.

Elle garda les yeux fixés sur la porte vitrée.

— Monsieur est un protestant. Il est gentil, mais il voudrait que je n'aille plus à Notre-Dame-des-Victoires. Alors, je suis allée dans son église. C'est beau, et on chante beaucoup plus que chez nous. Jésus est sur le crucifix et il est triste comme à Notre-Dame-des-Victoires, mais pas de sainte Vierge. Où il y a Jésus, il doit y avoir sa mère aussi, n'est-ce pas, Monsieur ?

Je ne dis ni oui ni non ; je bénis une seconde fois la décision de Marie-Odette.

— Alors le protestant m'a dit qu'il ferait mes commissions une fois par mois. Je lui donne des sous et il apporte du café, des pommes de terre, du riz, du savon et tout. Et je lui offre *le Monde* pour sa peine. Mais l'artiste était fâché. « Ton protestant est un Juif », qu'il dit. Ses yeux prirent une couleur bleu-argent. La jeunesse avait quitté depuis longtemps son corps lourd, son visage blanc et chiffonné ; elle se réfugiait dans ses yeux. — L'artiste n'aime pas les Juifs. « Ce sont les diables verts », qu'il dit. Alors j'ai répondu qu'il ne faut pas mal parler des Juifs. « Tu es peut-être juive, ma fille ? » qu'il dit. Je ne suis pas juive, mais la sainte Vierge, saint Joseph, saint Paul, tout le monde était juif dans la Bible. Et Jésus était un prêtre juif, les gens lui disaient ; rabbi. Et rabbi, c'est un curé juif, n'est-ce pas, Monsieur ? Et Madeleine aussi était juive. Monsieur connaît Madeleine ?

— La caissière ?

Elle lança un regard méfiant vers la jeune femme.

— Non, pas elle, Madeleine de la Bible ?

En entamant le saucisson de ma choucroute, je répondis que mes connaissances bibliques étaient restreintes.

— Madeleine était un peu scandaleuse, poursuivit Mademoiselle Marguerite en baissant la voix. Forcément. Elle avait neuf démons dans le corps.

Les grains de riz glissèrent de sa fourchette.

— Monsieur a déjà rencontré des démons ?

— Moi ? dis-je un peu surpris. A vrai dire, pas souvent.

Le saucisson rigolait devant mon nez. Parole d'honneur.

— A votre santé, Monsieur, dit-elle en tenant son verre à deux mains.

Elle resta un moment silencieuse, essayant probablement d'imaginer la nature et la puissance des démons.

— Madeleine était quand même brave, dit-elle soudain. Monsieur sait ce qu'elle a fait ?

Instruite de mon ignorance, elle enchaîna :

— Un jour, elle a acheté un gros flacon de parfum parce qu'elle aimait sentir bon. Dans la rue Saint-Denis, où j'habite, il y a beaucoup de jeunes filles qui sentent bon. Elles sont un peu scandaleuses, mais gentilles, quand elles ne crient pas. J'ai cassé hier une ampoule et je n'ai trouvé personne pour en mettre une autre dans ma lampe. J'ai demandé au garçon boucher de m'aider, mais il a ri. Alors une jeune fille qui se promenait devant la boutique s'est arrêtée : « Venez, mémère, je vous arrangerai votre ampoule », qu'elle dit. Et elle ne voulait rien pour sa peine. Mais pourquoi elle va à l'hôtel avec des hommes ? Je ne pourrais pas faire ça, moi. Et Madeleine de la Bible était un tout petit peu comme la jeune fille.

J'attendis plus ample information, mais Mademoiselle Marguerite tourna pensivement, silencieusement, sa fourchette dans le reste du riz.

Les chauffeurs de taxi arrivaient de plus en plus nombreux. On parlait avec force gestes des pourboires insuffisants, des contraventions, des embouteillages, des accidents. Dans la fumée des plats, les rues de Paris défilaient devant le comptoir.

D'un geste timide, Mademoiselle Marguerite me toucha le bras :

— Alors, Madeleine est entrée dans la maison où Jésus était justement en train de dîner avec des douaniers, des facteurs, des maçons et des disciples. « Je vous apporte ce flacon de parfum, qu'elle dit. Donnez-moi la force de ne plus être scandaleuse. » Mais les disciples ne voulaient pas du flacon. Ils disaient que le parfum coûtait cher et que Madeleine n'était pas une jeune fille sérieuse. Alors Jésus s'est mis en colère. Non, pas tout à fait, parce qu'il n'était jamais très en colère, mais il a crié quand même. « Taisez-vous, qu'il dit. Mon Père m'a envoyé pour rendre visite aux pécheurs, pas aux bigots. Madeleine m'a apporté ce flacon de parfum parce qu'elle m'aime. On peut aller souvent à l'église et prier, prier, mais si vous n'aimez pas, vous n'êtes rien. » Et Madeleine a pleuré, terrible comme elle a pleuré, mais de bonheur. Alors, les neuf démons sont partis de son corps et elle n'était plus jamais scandaleuse.

Mademoiselle Marguerite glissa du riz refroidi entre ses lèvres.

— Et les disciples étaient punis.

— Punis ?

Elle déposa sa fourchette et dit en chuchotant :

— Après sa mort, Jésus a ressuscité et il vivait comme avant. Enfin, pendant quelques jours. Et les disciples ne l'ont pas trouvé dans le cimetière parce qu'il était en train de déjeuner avec Madeleine.

Je lui fis remarquer que je trouvais surprenant qu'il allât prendre son repas avec une jeune fille qui avait fait le même métier que celles de la rue Saint-Denis, au lieu de déjeuner avec ses amis.

Mademoiselle Marguerite essuya ses lèvres et répondit vivement :

— Les disciples étaient punis parce qu'ils ne croyaient pas que Jésus était ressuscité. Madeleine n'avait pas besoin de toucher ses mains et ses pieds, elle n'était pas soupçonneuse comme les disciples. — Elle m'enveloppa de son regard d'enfant. — Si Monsieur avait été à Jérusalem, il n'aurait pas été soupçonneux non plus, n'est-ce pas ? Forcément. Vous êtes un disciple de Jésus. Un vrai.

— Moi ? demandai-je en bénissant une fois de plus la décision de Marie-Odette. Voyons, Mademoiselle Marguerite... C'est vous qui êtes une sainte femme.

— Oh, non, dit-elle gravement. Je pèche par la parole.

— Vous ?

Ses grands yeux clairs changeaient de couleur. L'unijambiste faisait son numéro habituel, accompagné bruyamment par le chœur des chauffeurs de taxi.

— Hier, j'ai mis de côté un *Paris-Presse* pour un client. Un autre client est venu, un marchand de bicyclettes, gentil et tout. « Je voudrais un *Paris-Presse* », qu'il dit. Alors, j'ai dit que je n'en avais plus.

— Ce n'est pas grave, Mademoiselle Marguerite.

Les yeux baissés sur le reste de ma choucroute, j'absous. Un disciple de Jésus, un vrai, a tous les droits. Ego te absolvo, Mademoiselle Marguerite.

Un chauffeur de taxi intervint :

— Voulez-vous me donner la moutarde, Marguerite ?

Elle lui tendit le petit pot blanc.

— Jésus n'a pas permis que les démons entrent dans mon corps, dit-elle. Au lieu de vendre des journaux, j'aurais pu faire le même métier que les jeunes filles de la rue Saint-Denis. Je n'ai pas de mérite, n'est-ce pas, Monsieur ?

— Si, Mademoiselle. Un fromage ?

— Oui. Un camembert. Mais c'est moi qui paye.

— Bien sûr.

Elle posa un coude sur le comptoir :

— Madeleine raconte que j'ai beaucoup d'argent.

— Madeleine ?

— Oui, dit-elle en désignant discrètement la caissière. Elle raconte que j'ai un carnet plein de sous à la Caisse d'Epargne. Et je n'en ai pas.

Le garçon aux dents en or annonça triomphalement : « Une tête de veau, une », et déposa devant nous les fromages.

— Le cycliste de *la Croix* dit à tout le monde que je suis trop vieille pour vendre des journaux. Si je ne peux plus travailler devant le bistrot, ça ne fait rien. Je vendrai le journal des guérisseurs. Oui. Il y a beaucoup de malades qui veulent guérir, alors ils achètent le journal.

Mademoiselle Marguerite redressa le foulard qui entourait ses courts cheveux blancs et observa les clients.

— Comme on mange bien, ici, dit-elle avec admiration. Elle suivait du regard les mouvements du chat noir du gérant qui évoluait avec précaution derrière le comptoir.

— Il est beau, dit-elle. Quand j'étais malade, je suis allée à l'Hôtel-Dieu et je n'ai pas pu emmener avec moi ma chatte. Alors, la concierge autrichienne a jeté Mitsou dans la Seine. C'est triste quand même. — Elle posa du fromage sur la mie de pain. — Qu'est-ce que c'est qu'une Autrichienne ?

Je pris mon verre et m'interrogeai. En effet, qu'est-ce que c'est ?

— Une Autrichienne, dis-je après mûres réflexions, est une femme qui parle allemand.

Je possède le secret des définitions justes. Esprit de géométrie et esprit de finesse. Voilà la raison de l'estime de Mademoiselle Marguerite pour mon intelligence.

— C'est une vicieuse, dit-elle après un silence.

Le couteau s'arrêta dans ma main.

— Qu'est-ce qu'elle est ?

Mademoiselle Marguerite leva sur moi des yeux rayonnants d'innocence.

— Si je vous avais connu, je vous aurais donné ma chatte. Mais l'Autrichienne est punie.

— Croyez-vous ? dis-je avec une nuance de scepticisme.

— Elle est vicieuse, alors elle est punie. C'est comme ça.

Elle plongea brusquement sa main dans la poche de son tablier et en sortit un petit paquet soigneusement ficelé.

— La viande, chuchota-t-elle.

Je protestai, en tentant de la persuader qu'elle

devrait la garder, mais elle glissait déjà le paquet dans la poche de ma veste.

— La caissière, dit-elle d'une voix blanche.

La fausse cousine portait une blouse rouge agrémentée d'un col de dentelle noire. Ses regards obliques m'agaçaient, mais je dus reconnaître que le grain de beauté en forme de cœur de sa joue gauche lui prêtait un air d'odalisque. Qu'importe ! En quelques instants, je fus envahi par l'odeur d'une côte de veau un peu avancée arrivant du bas de mon veston gris acier, acheté quatre jours plus tôt chez *Old England*.

— L'artiste voulait prendre la viande, mais je lui ai dit que c'était pour mon homme d'affaires. Il m'a poussée à la porte, alors, je ne retournerai plus chez lui. Je prierai pour lui, mais c'est fini. Il a tapé le plancher avec le tabouret et il criait, criait. Le marchand de chapeaux du cinquième étage n'était pas content.

L'unijambiste s'avança vers nous et me décocha une œillade :

— Faut pas tourner la tête à cette petite, hein, patron ?

Je fis semblant de ne pas l'entendre et dis :

— Vous auriez dû donner la viande à l'artiste, Mademoiselle Marguerite.

— Je lui donne de l'argent, du vin, des journaux,

et il rouspète. « Va-t'en, va-t'en, punaise de sacristie », qu'il dit. J'ai dit que je m'en allais et que je ne reviendrais plus jamais. Il a tapé encore plus fort le plancher avec le tabouret, tellement tapé que le marchand de chapeaux est venu et ç'a été le scandale. Ils ont crié tous les deux des vilains mots, alors je suis partie chez moi.

Je considérai l'assiette vide que le garçon tenait à la main.

— Un café, Mademoiselle Marguerite ?

— Non, merci.

— Deux cafés, Michel, et un rhum.

Mademoiselle Marguerite se tut, résignée ; ses joues étaient sillonnées de rides horizontales et verticales. Ma fausse cousine aura-t-elle les mêmes rides un jour ? Et moi ? Moi ?

Nous bûmes nos cafés. Le mien avait un petit goût particulier à cause de l'arôme de la côte de veau qui se répandait avec une ténacité remarquable.

— Je ne savais pas que Monsieur était au ministère, dit-elle subitement.

— Quel ministère, Mademoiselle Marguerite ?

— Le ministère des Finances, dit-elle avec un sourire tendre, et elle sortit de sa poche une enveloppe bleue. — Je l'ai reçue ce matin. C'est l'Autrichienne qui me l'a apportée. Son visage s'éclaira. — Monsieur me surveille, n'est-ce pas ?

Elle me tendit l'enveloppe du ministère des Finances sur laquelle le tampon de la poste avait apposé une paire d'yeux avec la légende : ECLAIREZ MIEUX VOS YEUX.

— J'ai compris, dit-elle.

De l'index, elle désignait le dessin de l'enveloppe.

— Ce sont les yeux de Monsieur, dit-elle d'un air malicieux.

Je n'essayai même pas de la contredire. La négation n'aurait fait que souligner inutilement ma modestie sans bornes.

Mademoiselle Marguerite savoura un instant l'effet de sa découverte.

— C'était une bonne surprise pour moi.

Je tournais l'enveloppe entre mes doigts : elle était fermée.

— Vous permettez que je l'ouvre, Mademoiselle ?

— Pour sûr, c'est à vous.

C'était à moi, en effet. Je lisais le long texte officiel, les expressions hermétiques, les menaces précises.

Si elle ne payait pas quatre-vingt-deux mille francs dans un délai de sept jours, ses meubles seraient saisis.

— Je vous paye un rhum, Monsieur.

— Merci, Mademoiselle. Demain. L'addition, Michel.

— Laissez-moi payer, Monsieur. Attention, la caissière nous regarde.

J'ai déjà préparé les deux billets de banque que je glissai avec un art consommé dans la poche de son tablier en prenant les siens.

— Si vous le permettez, je compterai ce soir vos pièces.

Elle acquiesça d'un signe de tête et versa le rhum dans sa tasse.

— Je ne comprends pas. Quand c'est Monsieur qui compte mon argent, j'en ai toujours plus que d'habitude.

Je lui donnai le bras. Nous quittâmes le café-restaurant et nous nous installâmes sous le parasol. Il pleuvait.

Depuis mes dîners en compagnie de Mademoiselle Marguerite, j'ai pris l'habitude des manières, des attitudes, des expressions de Marie-Odette que je qualifierais de soupçonneuses, ainsi que celles des disciples de Jésus après la résurrection de leur maître. Mais, ce matin, malgré l'indiscrétion opportune et bienveillante de notre ami, Louis Rosen, elle semblait être vraiment sur des charbons ardents.

— Je me demande... dit-elle en laissant inachevée sa phrase lourde de sous-entendus.

Je sortis mon nez du journal ou, plus précisément, des nouvelles fusées que les Soviétiques avaient installées et suivis du regard les longs doigts qui jouaient distraitement avec une cuiller à café. Elle releva ses cheveux un peu emmêlés ; ses yeux prirent la couleur de la pluie. *Les Américains réagissent violemment.* Quel opéra ! Journalistes et marchands de journaux unijambistes, tous fabricants de fin du monde.

Marie-Odette plaça un cendrier en forme de coquille Saint-Jacques devant ma tasse de café.

— Tu n'as rien à me dire ?

En exhalant une bouffée de fumée par le nez, je fouillais en moi ; ma conscience était relativement tranquille. Relativement, parce que je n'aurais avoué pour rien au monde qu'après avoir compté la monnaie de la marchande de journaux, elle m'offrit la Sainte-Famille sous le parasol. Le parasol était, évidemment, un palmier en bronze léger. J'ose affirmer que Marie avait l'air de s'ennuyer. Il est vrai que Joseph, barbu et taillé en boxeur poids lourd, n'était pas très rieur non plus. L'enfant, en revanche, la main sur le cœur, était plutôt gai. Il semblait apercevoir que ses parents n'étaient pas faits l'un pour l'autre, que la séparation était à envisager et qu'il devait faire son chemin seul dans la vie. C'est ce qu'il fit, d'ailleurs ; n'en parlons plus.

— Payons-nous un peu de bon temps, dis-je. *Le Figaro* nous promet une guerre atomique assez corsée.

— Des bobards, dit-elle d'un ton sec.

Marie-Odette ne pouvait croire au déclenchement éventuel d'une guerre atomique avant que son ouvrage sur la crise de la civilisation ne fût terminé, édité et diffusé. Elle prévoyait encore trois chapitres, une cinquantaine de pages, donc aucun conflit sérieux n'aurait lieu dans un proche avenir.

Elle posa ses belles mains aux ongles roses sur la table.

— Veux-tu me dire ce que tu as fait hier soir ?

Ce que j'ai fait hier soir ? J'entendis la voix de la marchande de journaux : « Monsieur sait que Jésus a pardonné à la femme qui avait trompé son mari ? » Je simulai un regret profond de mon ignorance qu'elle me pardonna à son tour. Les pièces de dix, de vingt et de cinquante francs sortaient de sa poche profonde, mais l'argent n'avait pas grande importance. La pluie tombait capricieusement, en s'arrêtant et en recommençant. Toutes lumières éteintes, les taxis stationnaient en double file devant le café-restaurant, et, dans la pénombre, ils prirent la forme d'animaux paléolithiques. Mademoiselle Marguerite parla à voix basse : « Alors, Jésus était assis par terre et faisait un sermon. Monsieur le Curé de Notre-Dame-des-Victoires ne s'assied jamais par terre, il fait ses sermons en haut, dans un petit balcon. Pendant que Jésus parlait, beaucoup de gens sont venus avec une très belle femme qui pleurait. Ils ont raconté qu'elle avait un amant et qu'il fallait la punir. Mais Jésus ne disait rien, il écrivait dans le sable. Les gens faisaient la queue pour voir ce qu'il écrivait et ils ont fui à toutes jambes. Et ils ne voulaient plus punir la femme. » Mademoiselle Marguerite attendit la manifestation de mon étonnement et elle ne fut pas déçue. « Les gens ne voulaient plus punir la femme parce que Jésus écrivait dans le sable une liste comme je fais quand le protestant se charge de mes commissions. Monsieur sait ce que Jésus avait écrit ? Eh bien, c'était la liste de leurs mauvaises actions, leurs péchés, oui. »

— Tu refuses donc de me répondre ?

— Je ne refuse rien, ma chérie. Que veux-tu savoir ?

Marie-Odette me gratifia d'un sourire ironique :

— Ecoute-moi, Maurice. Que tu passes une partie de tes soirées avec une marchande de journaux, je veux bien. C'est une lubie qui te passera, et plus rapidement que tu ne le penses. Mais que tu reviennes à la maison avec une veste, un pantalon, une chemise pleins d'une odeur infecte, cela pose tout de même un certain nombre de problèmes.

Je buvais lentement mon café en cherchant des mots. Croira-t-elle que l'affection et la tendresse ont parfois l'odeur d'une côte de veau un peu avancée ?

Louis Rosen lut attentivement la feuille bleue du ministère des Finances.

— Quatre-vingt-deux mille francs ? s'écria-t-il de sa voix chaude et bien timbrée. Pauvre Marguerite !

— Elle ignore l'existence de ce papier.

Rosen me dévisagea d'un air interrogateur et se tut. Le bourdonnement sourd des voitures pénétra dans le bureau et la grosse pendule de la gare Saint-Lazare annonça que, dans quelques minutes, les ombres du soir recouvriraient la ville. La lumière incertaine entre le jour et la nuit agrandissait ses yeux noirs.

— Téléphonez-moi après-demain matin à onze heures. L'affaire de votre Marguerite sera réglée d'une manière ou d'une autre, il n'y a pas de problème.

Il tourna entre ses doigts un paquet de cigarettes anglaises couleur d'or et continua de m'examiner. Je me sentis intimidé par ce regard insistant mais, soudain, de l'examiné, je devins l'examinateur.

Son mutisme était affable, serein, indulgent. Impénétrable aussi comme les Israélites fidèles à l'Alliance et aux coutumes de leur religion. Ce n'est pas par hasard que j'évoque cette image. Cet homme chauve, au visage long, taillé en athlète, comme saint Joseph sous le palmier, âgé de soixante-quatre ans, était un Juif converti.

Dans ma famille, on exécrait les Juifs, d'une haine fidèle et tenace de génération en génération. Mon grand-père paternel, maître de forges émérite, qui tenait table ouverte dans un hôtel particulier, rue de Varenne, fit imprimer des cartes, à l'époque de la réintégration du capitaine Dreyfus dans l'armée, ainsi libellées : *Prière de ne pas parler de l'Affaire pendant le repas,* cartes que les domestiques posaient sous les serviettes. Il les fit supprimer lorsque le même capitaine reçut les insignes de chevalier de la Légion d'honneur dans la cour de l'Ecole militaire où, quelques années plus tôt, il fut dégradé. En guise de protestation, naturellement, et au nom de la religion de l'Amour.

Un autre militaire, un général celui-là, condamné à mort par contumace pour haute trahison, faillit créer une nouvelle affaire Dreyfus dans ma famille. Mais, malheureusement, il n'était pas juif, il était même, paraît-il, maurassien, et d'une longue lignée de catholiques. Cependant, malgré la présence de la troupe d'occupation allemande, ce général, résidant à Londres, mit la discorde entre mon grand-père et mon père, et provoqua même une rupture provisoire entre eux.

Lorsque je fis part à Rosen de ces querelles en ajoutant qu'il serait toujours considéré comme un Juif par des catholiques pratiques et pratiquants, et comme renégat par des échappés des fours crématoires et fondateurs de l'Etat d'Israël, il haussa ses larges épaules. « C'est ma solitude », dit-il. Adversaires résolus, mais sans agressivité, de toutes les superstitions, Marie-Odette et moi, nous l'écoutâmes avec indulgence.

Lors de notre dernière rencontre, il me disait : « Je me sens à mon aise, pour ne pas dire heureux, de vous entendre parler de votre marchande de journaux. »

C'est après cette conversation que je décidai de présenter Louis Rosen à Mademoiselle Marguerite. Je jouissais à l'avance de la saveur de cette rencontre entre le grand bourgeois et la marchande de journaux. Car Louis était un vrai homme d'affaires, pas comme moi qui usurpais allégrement ce titre. Il s'occupait de la vente des matériaux de construction, des appareils de précision fabriqués par ma Société, et même, paraît-il, de l'uranium.

A vrai dire, je n'en savais rien. C'était sa secrétaire, sa gouvernante ou des jeunes gens de son entourage qui me parlaient assez vaguement, d'ailleurs, de ses affaires. Ils m'avaient appris, en outre, que Rosen dépannait des industriels menacés de faillite, qu'il réglait les études ou le loyer des étudiants indigents et qu'il s'occupait du placement des enfants sortis de l'Assistance publique.

Rosen termina la signature du courrier que sa blonde secrétaire avait déposé sur l'immense bureau anachronique, style Empire, et me lança un sourire découvrant ses dents légèrement écartées.

— Nous dînons donc ce soir avec Marguerite ? dit-il d'une voix joyeuse.

Je le dévisageai comme le ferait tout à l'heure la marchande de journaux. Il portait un costume bleu, d'une coupe parfaite. Il était distingué, imposant, trop imposant. Je devins Mademoiselle Marguerite et ce monsieur me faisait peur. Non, pas tout à fait peur. La Marguerite que j'étais se méfiait. Ce genre d'hommes a une préférence marquée pour les très jeunes femmes, les Royal Dutch, les grosses automobiles américaines, le baccara, la Tour d'Argent, et il faut être sur ses gardes lorsqu'ils sont aimables. S'il m'invite à dîner, c'est pour me persuader de laisser à bas prix ma place à un autre marchand de journaux et de m'installer dans un hospice. Il va à l'église, c'est entendu, il sert la messe, il communie, mais Madame Dimanche est pieuse aussi, ce qui ne l'empêche aucunement de vouloir accaparer ma chambre pour la louer aux gens plus riches que moi. Il faut prendre des gants avec les hommes d'affaires, sauf, naturellement, avec le mien, paré des trois vertus théologales, des quatre vertus cardinales, et j'en passe et des meilleures.

— Vous m'observez d'une manière singulière, ami, dit Rosen en fermant son stylo.

— Moi ? Oh, non, répondis-je rapidement.

— Si vous estimez que je ne suis pas digne d'être présenté à Marguerite, je n'insisterai pas.

Sa simplicité, aussi bien que sa clairvoyance me mirent dans l'embarras. Mademoiselle Marguerite n'était tout de même pas la reine d'Angleterre et moi son Premier ministre. Que craignais-je ? Le silence de la marchande de journaux ou l'amabilité débordante de Rosen ? Avais-je peur que la rencontre se solde par un échec et que tous les deux manifestent leur déception ?

Qui a dit que l'intelligence ressemble trop à une machine à calculer et l'intuition au don de prophétie ? N'importe. Le succès de cette rencontre ne dépendait certainement pas de mes pauvres calculs, mais de l'intuition de Mademoiselle Marguerite et de celle de Rosen.

— Allons-y, Louis, dis-je après un silence. Mademoiselle Marguerite nous attend.

Mon propos était inexact, mais ce fut le seul moyen de couper court à mes hésitations.

— Je suis un homme simple, dit Rosen en mettant en marche sa voiture. Sauf accident, ajouta-t-il d'un air goguenard.

Sa voix encore jeune, sa bonne humeur, l'aisance de ses gestes nous plongèrent dans une intimité joyeuse.

— Où en êtes-vous avec Marie-Odette ? demanda-t-il soudain. Mon intervention n'était-elle pas déplacée ?

— Oh, non, Louis. Au contraire. Mais elle estime que *ma lubie* nécessite un traitement spécial, une légère psychothérapie, par exemple.

La nuit tombait sur l'avenue de l'Opéra, précipitée par les jeux de lumière des magasins et des cinémas ; Rosen conduisait avec la précision et l'habileté d'un chauffeur professionnel. Il s'arrêta devant un feu rouge et, en caressant son long visage bronzé, dit :

— La rencontre avec Dieu n'est pas une affaire de psychiatrie. Marie-Odette est une fille sensible et intelligente, elle le comprendra tôt ou tard.

Je le regardai dans le rétroviseur ; il avait un visage inconnu.

— Je vous étonne ? demanda-t-il avec une douceur suspecte.

— Un peu.

Il démarra dans le paysage lumineux et changea de ton :

— J'ai déjeuné aujourd'hui avec des amis et il y avait parmi nous un colonel plutôt taciturne, mis à la retraite depuis la révolte des généraux en Algérie. Au dessert, mon voisin de table évoqua la crise de l'Eglise et me demanda ce que j'en pensais. Je répondis que cette crise me paraissait grave à cause du fait que non seulement Nietzsche, mais certains théologiens affirment que Dieu est mort. En effet, la révolte plus ou moins justifiée de quelques prêtres qui se dressent contre les injustices sociales, le célibat, etc., me paraît presque anodine à côté de cette théorie de plus en plus répandue que la crucifixion du Christ signifie la mort de Dieu lui-même. Je me suis permis d'ajouter qu'un Juif peut être en bagarre avec le Créateur, il peut le renier ou le nier, mais il n'oserait jamais prétendre que Dieu est un cadavre vide.

Rosen arrêta la voiture devant un autre feu rouge et posa une main sur mon bras.

— Figurez-vous, ami, que le colonel me coupa brutalement la parole et se mit à m'injurier. J'ai essayé de le calmer, ainsi que mes amis, mais il continua de plus belle. J'en avais assez à la fin et je lui dis sèchement : « Eh bien, tant pis pour vous. » Si vous aviez vu sa tête ! Il oublia et mes arguments et ses injures, et n'a retenu que cette dernière phrase. Je me demande à présent si lancer à la figure de quelqu'un : « Tant pis pour vous », n'est pas plus grave que toutes les injures réunies. Qu'en pensez-vous ?

Rosen n'attendit pas ma réponse et, en pénétrant dans le tumulte de la place de la Bourse, il dit d'un air sombre :

— Oui, c'est beaucoup plus grave. Je dois donc faire amende honorable.

Cependant son humeur chagrine ne l'empêcha pas de se faufiler parmi les voitures, comme une anguille, et d'être content de ses prouesses. Rosen n'était jamais triste ou gai comme un adulte, ce qui me plongea, dès notre première rencontre à une réunion d'industriels à New York, dans un étonnement euphorique.

— Tournez à gauche, Louis. Il y a juste une place derrière les taxis.

La voix rauque de l'unijambiste s'éleva, annonçant les titres des journaux du soir. Une lampe à acétylène éclairait son visage bouffi, sali d'une barbe de plusieurs jours. Il me gratifia de son *salut patron* habituel et fit un geste comme pour me bénir.

— Louis, me permettez-vous de vous poser une question ? dis-je en fermant la portière.

Un pied sur la chaussée, Rosen s'immobilisa.

— Je voudrais vous demander si dîner au comptoir n'est pas trop désagréable pour vous ?

— Pardon ? dit-il visiblement surpris.

— C'est que... nous dînons avec Mademoiselle Marguerite toujours debout et...

Rosen éclata de rire :

— En voilà un problème !

Il me prit le bras et nous traversâmes la rue.

— La voici, dis-je en désignant d'un mouvement de tête la silhouette de la marchande de journaux.

Les voitures roulaient à sa droite ; les voyait-elle ? Le défilé pressé, impatient, intarissable, était aussi irréel pour la vieille femme que les voyages des cosmonautes, les discours de de Gaulle, les fluctuations de la Bourse ou les résultats des matches de football qu'elle vendait, insérés dans les larges feuilles de papier, sans y faire attention. Les dernières nouvelles se trouvaient dans les versets de la Bible ; Mademoiselle Marguerite ne connaissait que cette actualité. L'importance de l'Histoire contemporaine lui était signifiée par la vente accrue des journaux et l'abondance soudaine de la monnaie dans sa caisse. Elle posait alors la question : « Est-ce la guerre, Monsieur ? » Et son homme d'affaires, l'intime des chefs de gouvernement du monde entier, pulvérisait d'un geste les menaces d'une conflagration.

— Quel âge a-t-elle ? demanda Rosen.

— Quatre-vingt-trois ans.

Je le priai d'attendre quelques instants et m'approchai de Mademoiselle Marguerite. Sa main dont l'index manquait était posée sur une pile de journaux et l'autre cachée dans la poche de son tablier. Les néons de la terrasse du café-restaurant entouraient d'une lumière bleue le corps tassé, abandonné à la nuit.

Un chauffeur de taxi, au profil de prince, me salua et fit un geste dégoûté :

— Vous vous rendez compte ? On a volé le parasol de Marguerite ! Il hocha la tête. — Ce n'est pas les salauds qui manquent sur cette terre.

Elle me serra la main maladroitement et prononça la phrase rituelle :

— Justement j'ai pensé à vous. Je suis allée chercher mon parasol et le concierge m'a dit que quelqu'un l'avait volé pendant la nuit. C'est triste quand même.

Elle était désolée, amère, déroutée. On ne vole pas la toiture d'une maison. Or, le parasol était la toiture de sa demeure davantage même que celle de sa chambre mansardée dans la rue Saint-Denis. Elle faisait son commerce depuis quarante-deux ans sous son ombre ; elle recevait ses clients en voisins ou en amis, elle était chez elle. Par les grandes chaleurs, elle somnolait dans cette maison pleine de courants d'air, elle y priait tenant dans sa main estropiée un chapelet aussi vieux peut-être qu'elle. Mademoiselle Marguerite le gardait dans la poche de son tablier et personne ne devait connaître ce secret que moi, son homme d'affaires. Il ne fallait dire à personne non plus que nous parlions de Jésus, ses paraboles et ses miracles. Ce fut le secret principal à nul autre pareil. Si je l'avais communiqué à quelqu'un, j'aurais commis une indiscrétion. Sous son parasol multicolore, je lui avais promis de garder le silence. « J'abuse de vous », me répétait-elle souvent. A présent, j'ai le sentiment qu'en révélant ses paroles, c'est moi qui abuse de sa confiance. Mais je ne raconte à personne ses secrets, je les raconte à tout le monde.

Mademoiselle Marguerite leva ses yeux sur moi et eut un large sourire qui m'étonna.

— Ça ne fait rien, dit-elle. Jésus n'avait pas de parasol non plus, n'est-ce pas, Monsieur ?

La terre devint de nouveau solide sous mes pieds. Je lui rendis son sourire.

— Mademoiselle Marguerite, vous êtes la seule femme que je connaisse qui dit toujours la vérité. Eh bien, cette fois-ci, vous semblez oublier quelque chose de très important.

L'inquiétude creusa les rides autour de ses lèvres.

— Je vous ai menti ?

— Vous ? Vous avez tout simplement oublié que vous m'aviez fait cadeau de la Sainte-Famille sous un parasol. Nous allons donc faire une affaire : je garde la Sainte-Famille et je vous rends demain le parasol.

J'entendis derrière mon dos la voix chaude de Rosen :

— Bonsoir, Mademoiselle Marguerite.

La marchande de journaux lui jeta un regard professionnel :

— *France-Soir* ?

— Je vous présente un grand ami, Mademoiselle Marguerite. Il voulait vous connaître depuis longtemps. — Pour la mettre en confiance, j'ajoutai : — Je vous ai souvent parlé de lui.

Elle observa Rosen pendant un long moment et une joie diffuse, timide et embarrassée, se dessina sur ses traits fatigués. Elle me jeta un coup d'œil plein de reconnaissance et, d'un sourire ravi, elle dit :

— C'est le savant, n'est-ce pas, Monsieur ? — Elle porta son regard sur Rosen. — Oui, oui, vous êtes le savant.

Interloqué d'abord, je savourai l'instant suivant la bonne aubaine.

— Comment l'avez-vous reconnu, Mademoiselle ? demandai-je.

Je regardai subrepticement Rosen : il semblait être surpris, mais il afficha l'expression d'une attente circonspecte.

— Parce qu'il est l'ami de Monsieur, dit-elle simplement. Et il est brave et grand.

— Voilà, m'écriai-je. Avant que Rosen eût demandé une explication, j'enchaînai : — Mademoiselle Marguerite doit se reposer un peu plus qu'avant, n'est-ce pas Louis ?

— Certainement, dit Rosen en m'interrogeant du regard.

— Et quand elle a mal, il faut qu'elle se fasse

examiner au dispensaire de la rue Saint-Denis, n'est-ce pas ?

Louis leva les sourcils comme un vrai médecin qui se recueille avant de donner son conseil avisé.

— Oui, cela pourrait être utile, prononça-t-il prudemment.

Mademoiselle Marguerite porta sa main à sa joue ainsi qu'une enfant qui a peur.

— Alors, c'est grave, dit-elle d'une voix blanche.

— Oh, non, répondis-je. Monsieur Rosen veut dire que, si vous souffrez de vos reins ou de vos jambes, on pourrait vous donner des médicaments et vos maux disparaîtraient.

Mademoiselle Marguerite plongea la main dans la poche de son tablier, en sortit un billet de mille francs et le tendit à Rosen.

— Tenez, Monsieur. C'est pour votre peine.

Rosen, qui devait traiter une importante affaire de machines-outils la semaine suivante à Montréal, eut un recul. La stupéfaction dilata ses yeux et il me toucha la main comme pour demander secours.

— Prenez-le, Louis, Mademoiselle Marguerite vous offre cet argent de bon cœur.

Rosen cacha ses mains derrière le dos.

— Impossible, impossible, répéta-t-il.

Une jeune femme aux cheveux blonds cendrés, tenant un boxer en laisse, prit *France-Soir* et fouilla dans son sac avant de trouver la monnaie. Le chien renifla Mademoiselle Marguerite et posa sa tête presque humaine sur ses genoux.

— Acceptez le billet, Louis, dis-je à voix basse. Je le remettrai plus tard dans sa poche.

— Si vous voulez, dit-il, ennuyé. Mais pourquoi me prend-elle pour un savant ?

Je m'amusai follement.

— Parce que vous l'êtes, répondis-je dans un rire.

Le boxer leva sa tête et fit entendre un long gémissement.

— Il est brave, lui aussi, dit Mademoiselle Marguerite, en s'adressant à Rosen.

Elle attendit que la cliente fût partie avec le chien, qui se composa un air de martyr pour obtenir un autre morceau de sucre, et, d'un geste discret, elle tendit le billet froissé à Rosen. — Tenez, Monsieur, vous le méritez.

Confus et embarrassé, Rosen prit le billet et murmura merci comme une plainte. Son ambition était des plus insolites : gagner beaucoup d'argent pour en distribuer le plus possible. Et ce prisonnier volontaire de toutes les sollicitations, toutes les demandes, justifiées ou indécentes, cacha dans sa paume le don d'une marchande de journaux. La terre tournait ce soir à l'envers pour lui.

— Et maintenant, je vous paye un bon repas à

tous les deux, déclara Mademoiselle Marguerite et elle se leva en s'appuyant sur mon bras.

C'en était trop. Rosen protesta.

— C'est moi qui vous invite à dîner, dit-il d'un ton ferme.

Il fourra dans ma main le billet de mille francs qui retrouva instantanément sa place dans la poche profonde de Mademoiselle Marguerite. Rosen me regarda de biais et son sourire fut un compliment à mon habileté de pick-pocket.

Installés tous les trois devant le comptoir, j'étais fier de mon savant, ce fruit un peu véreux de mon imagination. J'étais satisfait comme un romancier qui rencontre en chair et en os un personnage inventé de toutes pièces. J'exagère à peine car, y compris Marie-Odette, beaucoup de gens autour de moi considéraient Rosen comme un personnage étrange, sinon suspect. En effet, personne n'est plus étrange et plus suspect qu'un homme prodiguant et multipliant des gestes gratuits.

Sous le regard fureteur de la caissière, des garçons de café et des chauffeurs de taxi, Rosen semblait être à son aise. J'ai toujours été gêné par les clins d'œil curieux, bienveillants ou moqueurs. Louis s'en moquait. Il ne les apercevait même pas.

Mademoiselle Marguerite se tenait entre nous

deux, menue, voûtée, muette. Avait-elle oublié le vol du parasol ?

Elle jetait de temps en temps un regard de petite fille comblée sur Rosen. Comme je la comprenais ! N'était-elle pas près de celui qui lui avait promis de vivre jusqu'à cent ans ?

Le garçon au sourire d'or se présenta :

— J'ai ce soir des paupiettes de veau féeriques, Monsieur Laurentin.

— Vous êtes un poète qui s'ignore, Michel, remarquai-je.

— Oh, je ne suis qu'un amant modeste de la poésie culinaire, dit-il d'un air faussement réservé.

Nous commandâmes les féeries proposées et Mademoiselle Marguerite des carottes au jus de viande. Une légère altération de ses traits annonça l'arrivée de l'unijambiste.

— J'ai tellement soif que je boirais la mer, cria-t-il. Michel, mon ballon. Vite, vite !

— Comme l'éclair, Monsieur le baron.

Dans un mouvement frileux, la marchande de journaux ramena son foulard sur ses épaules. Pour la faire sortir de son silence, je dis :

— Monsieur Rosen lit tous les jours la Bible, comme vous, Mademoiselle Marguerite.

— Monsieur dort mal ?

Le garçon déposa devant elle l'assiette de carottes :

— Si Marguerite mange tout cela, elle sera élue Miss France cette année. Parole d'honneur.

— Avez-vous des insomnies, Louis ? dis-je en m'adressant à Rosen, car il ne semblait pas avoir entendu la question posée par la marchande de journaux.

Il s'essuya le front avec son mouchoir de fil, portant ses initiales et répandant un parfum de Cuir de Russie.

— Ça sent bon, ici, remarqua Mademoiselle Marguerite.

— Non, ami, dit Rosen. Je dors comme un loir.

Mademoiselle Marguerite coupa en deux une grosse carotte en désignant d'un geste à peine perceptible l'unijambiste :

— Monsieur ne croit pas que c'est lui qui a caché mon parasol ?

Le soupçon me traversa l'esprit, mais il se dissipa promptement. L'unijambiste était trop absorbé par son commerce, ses haltes fréquentes dans les débits de boissons environnants et, surtout, par la passion immodérée de sa femme pour la télévision. Il aimait élever la voix, jurer, tempêter, il faisait le matamore et, cependant, je le considérais inoffensif comme un agneau. Un agneau quelque peu revêche et, bien entendu, alcoolique.

— Moi, je lis la Bible la nuit, dit Mademoiselle

Marguerite, la fourchette en l'air. Quand j'ai mal aux reins, je mets des *France-Soir* et des *Paris-Presse* autour de mon dos, parce que les journaux tiennent plus chaud que les couvertures. La nuit dernière...

Elle s'interrompit, posa la fourchette sur le comptoir et se tourna vers Rosen :

— La nuit dernière j'avais mal à la tête et j'ai pensé à Monsieur.

— A moi ? dit Rosen avec un sourire un peu incrédule. Mais, vous ne me connaissiez pas.

— Si, si. Mon homme d'affaires parle de vous tous les jours. Elle ajouta, sur le ton d'une constatation banale : — Monsieur est un savant et un homme de Dieu.

Rosen battit des paupières :

— Je voudrais bien que vous ayez raison.

— Oui. Parce que vous savez que je vivrai jusqu'à cent ans.

Je fis un clin d'œil à Rosen, mais il ne sembla pas s'en apercevoir. Il croisa les bras comme pour mieux peser les mots de Mademoiselle Marguerite.

— Jusqu'à cent ans ? dit-il lentement. Et c'est votre homme d'affaires qui vous a remis ce message de ma part ?

— Oui, dit-elle en levant sa main qui n'avait que quatre doigts. — Il est un disciple de Jésus.

Rosen m'enveloppa d'un regard prodigieusement attentif. Il leva un sourcil et d'une voix familière, confidentielle, il prononça :

— C'est vrai, Mademoiselle. Avec l'aide du maître de votre homme d'affaires et ami, vous vivrez jusqu'à cent ans.

— Vous êtes brave, dit-elle, visiblement émue. L'année dernière, l'artiste avait une crise de rhumatisme et il a dû rester au lit.

— L'artiste est le voisin de palier de Mademoiselle Marguerite, murmurai-je à l'oreille de Rosen.

— Je lui ai apporté des aspirines, poursuivit Mademoiselle Marguerite, et j'ai dit qu'il faut prier Jésus de le guérir comme il a fait pour tant de gens. « Des nèfles ! qu'il dit. Ton Jésus a soigné peut-être des malades, mais il n'a pas guéri des imbéciles. » Il a dit un autre mot, mais je n'ose pas le répéter. — Elle leva le regard sur Rosen : — Je vous paye un bon verre de vin.

Rosen protesta :

— Les bonnes nouvelles ne se payent pas, Mademoiselle. Elles sont gratuites.

— Ce n'est pas pour payer, mais pour vous être agréable, rectifia-t-elle promptement. Quand le jeune homme dépensier de la Bible a abandonné sa famille et est revenu parce qu'il avait beaucoup de remords, son père lui a donné des cadeaux pour lui faire plaisir. — Elle m'adressa un regard interrogateur : — Monsieur sait que le frère du jeune homme dépensier n'était pas content ?

Je fis *non* de la tête et demandai des explications supplémentaires. Rosen s'approcha d'elle ; dans la lumière des néons bleus et roses, son visage bronzé prit une expression appliquée et vigilante.

— Alors un père avait deux fils, dit-elle en mâchant ses carottes. Leur mère était morte et le plus jeune était malheureux. Moi, j'avais neuf ans quand maman est morte, mais je n'ai pas quitté mon père parce que, qui aurait fait les courses pour lui ? Le jeune homme dépensier avait un frère qui pouvait faire les commissions tout seul, alors il pouvait partir avec l'argent que son père lui avait donné.

— Où est-il parti ? demanda Rosen.

Mademoiselle Marguerite gratta son nez court, légèrement retroussé. Elle chercha peut-être le nom du pays.

— Loin, très loin, dit-elle après un silence. Il est parti pour trouver une femme qui remplacerait sa maman. Mais une mère ne se remplace pas, n'est-ce pas, Monsieur ?

Elle but une gorgée de bière ; son blanc visage prit une expression navrée.

— Et le jeune homme dépensier a rencontré dans le cabaret des femmes légères qui avaient pris tout son bien. Il ne lui restait pas un sou, même pour acheter un morceau de pain. « Que faire ? Que faire ? » qu'il dit. Il a trouvé une place de gardien de cochons, mais il n'était pas content. Il aimait mieux boire au cabaret que de travailler.

Le baryton rocailleux de l'unijambiste perça le bourdonnement du café-restaurant :

— Et mon ballon, Michel ? On vous laisse crever de soif dans cette baraque, mon vieux.

D'un air soucieux, Mademoiselle Marguerite ramassa les carottes dans son assiette.

— Ne faites pas attention, Mademoiselle, dis-je. Vous savez bien qu'il crie toujours quand il est de mauvaise humeur. Il est un peu plus vieux que votre enfant dépensier, mais comme celui-ci, l'unijambiste aime mieux boire que travailler.

Elle leva sur moi un regard chaud, reconnaissant, indéfinissable :

— Monsieur a raison. Mais le jeune homme dépensier n'était pas comme l'unijambiste qui crie des gros mots et veut tuer sa femme parce qu'elle regarde la télévision. Le jeune homme dépensier a demandé pardon. Oui. « J'ai péché contre toi, papa, qu'il dit. J'ai dépensé ton argent avec des femmes légères et je n'avais pas le courage de garder les cochons. Tu dois me punir. »

Du coin de l'œil, elle observa les pitreries de l'unijambiste.

— Mais le père était un homme de Dieu, comme vous et comme Monsieur le savant. Et quand on est un homme de Dieu, on sait que le Père de tout le monde n'est pas un tribunal, il est compréhensif et délicat. — Elle eut un sourire malicieux. — Sans cela, il ne serait pas notre Père.

Rosen l'écoutait, les yeux plissés, avec application, et fit de temps en temps une petite grimace comme s'il n'en croyait pas ses oreilles.

Mademoiselle Marguerite but une gorgée de bière et, du revers de la main, elle essuya ses lèvres.

— Alors le père du jeune homme a appelé la femme de ménage, la cuisinière et le valet de chambre. « Vite, vite, qu'il dit. Apportez à mon fils un beau costume neuf, une paire de chaussures noires bien cirées, du linge fin, une cravate de soie et une montre en or. » Et le jeune homme dépensier était heureux d'avoir un père si bon. Mon père était bon aussi, mais il n'avait pas assez d'argent pour me faire de si beaux cadeaux.

Je pris un morceau de viande sur ma fourchette et, ainsi que le jeune homme dépensier, je fus satisfait.

— Et le veau gras, Mademoiselle ?

— Plaît-il ?

— Le père n'avait-il pas donné des ordres de tuer un veau ?

Son visage s'illumina :

— Monsieur le sait ? Oui, le père du jeune homme dépensier a donné des ordres au boucher de tuer un gros veau pour que son fils mange bien. — Elle désigna de sa fourchette la viande dans mon assiette. — Peut-être que la cuisinière lui a fait des paupiettes ?

Elle considéra un instant Rosen qui, d'un mouvement de tête, l'approuva.

— Alors, c'était la fête, le valet de chambre a ouvert les bouteilles de vin blanc et de vin mousseux, il y avait même de la musique. Et, après le dessert, les jeunes gens dansèrent avec des jeunes filles qui étaient sérieuses, pas comme au cabaret.

Une idée saugrenue me traversa l'esprit :

— Savez-vous danser, Mademoiselle Marguerite ?

Ma question ne l'étonna nullement. Elle contempla un instant son verre de bière à moitié vide ; son passé lui sourit.

— C'est mon père qui m'a appris à danser la polka, la valse et la java. J'ai préféré la valse parce que c'est gracieux. Mon père m'a permis d'aller au bal, mais il y avait toujours quelque chose à faire à la maison et je n'avais pas beaucoup de temps pour moi. Quand j'étais cuisinière chez Monsieur le banquier, je suis allée au bal musette, je dansais et tout, mais, après le bal, les hommes voulaient toujours quelque chose. — Elle ramassa une petite carotte sur sa fourchette en hochant la tête. — Ils ont parlé d'amour puis, tout de suite après, ils ont voulu m'emmener dans un garni. Mais la coucherie, ce n'est pas l'amour, n'est-ce pas, Monsieur ? Alors, je ne suis plus allée au bal.

Rosen eut le souffle coupé. Les yeux brillants de curiosité, il demanda :

— Qu'est-ce que l'amour pour vous, Mademoiselle ?

Elle m'interrogea du regard ; je lui fis un signe d'encouragement.

— Monsieur sait ce que le père a dit au frère du jeune homme dépensier ? — Elle leva un doigt. — Parce que le frère était en colère. « Moi, j'ai toujours obéi, papa, qu'il dit. Je suis sérieux, j'ai toujours la main à l'ouvrage et tu ne m'as jamais donné de cadeaux. Ce n'est pas juste. » Alors le père a dit : « Toi, mon fils, tu n'as jamais voulu me quitter, c'est pourquoi tout ce qui est à moi est à toi. » Voilà.

Elle leva ses grands yeux resplendissants sur Rosen :

— L'amour c'est quand une femme et un homme s'aiment sans faire des infidélités, quand on ne peut pas se quitter et quand on partage tout, le bonheur comme le malheur. L'amour... ajouta-t-elle en cherchant les mots.

Soudain, elle plongea une main dans la poche de son tablier, glissa une pièce de cent francs sous mon assiette et dit à voix basse afin que Rosen ne l'entendît pas :

— Commandez du bon vin, Monsieur. Le verre du savant est vide.

Marie-Odette, vêtue d'une robe de chambre couleur violine, qui mettait en valeur son teint blond aussi bien que ses formes exquises, but à petites gorgées son café au lait. Mon admiration tacite ne la toucha aucunement. Elle me décocha des regards qui auraient pu faire périr de remords un époux moins intrépide et aguerri que l'homme d'affaires de Mademoiselle Marguerite.

Oui, je rentrai hier soir encore deux ou trois heures plus tard que d'habitude. Oui, je manquai à mon devoir d'état en refusant de tirer leçon du précepte de ma mère selon lequel l'enfer n'était pas seulement pavé de bonnes intentions, mais qu'il avait aussi ses couvents. Oui, j'étais absent de mon foyer aux heures nocturnes où même les lions restent en famille, pour reprendre une autre formule de la femme qui me donna la vie.

Il est vrai aussi que, depuis un certain temps, les convulsions de la civilisation contemporaine, décrite et analysée par Marie-Odette avec perspicacité et clairvoyance, m'intéressaient un peu moins qu'avant.

Composer un essai historique et politique comme elle, apporter des connaissances techniques neuves qui font du bruit autour de ma personne, était-ce bien cela qui déterminait le sens et la valeur de notre existence ? J'étais certain que ni Mademoiselle Marguerite ni Rosen ne se posaient cette question inutile. Ils assumaient chacun leur destin, l'une vendant des journaux du soir, l'autre des machines ou de l'uranium. Et cependant, chacun à sa manière simple, ils étaient possesseurs d'un monde dont nous étions encore exclus.

Si Marie-Odette m'avait assailli d'observations déplaisantes, j'aurais pu lui répondre prestement et énergiquement. Mais elle était sereine, effacée et, pour tout dire, un tantinet martyre.

Sans me quitter du regard, elle déposa devant ma tasse un deuxième croissant beurré.

— Alors, le dîner d'hier était réussi ? demanda-t-elle d'un ton neutre.

— Nous avons mangé d'excellentes paupiettes de veau.

Elle eut un léger sourire qui découvrit ses petites dents blanches.

— De quoi avez-vous parlé ?

J'hésitai un instant :

— De l'enfant prodigue.

— Ah ?

— Et puis, à la demande de Rosen, Mademoiselle Marguerite nous a donné une définition intéressante de l'amour. Il en était ravi.

J'attendis la manifestation de sa curiosité ; elle me montra un visage de sphinx.

— Louis n'est pas toujours difficile, tu le sais bien. C'est un enfant. Nous étions d'accord à ce sujet, me semble-t-il.

Je mordis dans le croissant chaud :

— Pas tout à fait. Rosen n'est pas un enfant. Il a l'esprit d'enfance.

Marie-Odette toucha ses cheveux abondants, fraîchement ondulés et hocha la tête :

— La distinction est subtile.

— Elle est vérifiée, ma chérie.

— Je veux bien, dit-elle d'un ton conciliant. A propos, j'ai téléphoné à Pélissier. Il t'attend la semaine prochaine, mardi ou mercredi, comme tu voudras. — Elle ajouta lentement, maternellement. — Il m'a assuré que le surmenage était un état normal à notre époque et quelques séances de psychothérapie te mettront tout à fait d'aplomb.

Je ris un peu plus fort que de nature ; je fus soulagé.

Elle débarrassa la table et, pour faire diversion, elle remarqua :

— Tiens, il pleut.

Je tournai la tête ; la pluie frappait les fenêtres d'un bruit sinistre.

Il y eut un silence meublé d'arrière-pensées diverses. Marie-Odette consulta le cartel Louis XV qu'elle avait hérité de sa grand-mère paternelle.

— Il est neuf heures et demie, Maurice.

— Je vois. Mais je suis en congé ce matin.

Je feignis d'être absorbé par les soins minutieux de mes ongles afin d'éviter son regard interrogateur.

— Est-ce trop indiscret de te demander où tu vas ? dit-elle avec une douceur suspecte.

Les ongles faits, je nouai soigneusement ma cravate devant la glace et écoutai tomber la pluie.

— Je vais au *Printemps* pour acheter un parasol, répondis-je d'une voix légère et bien articulée.

Marie-Odette rangea le beurrier et les serviettes sur le plateau.

— Si tu te crois drôle... murmura-t-elle.

Il pleut moins, heureusement. Le taxi avance au rythme d'un escargot. Encore un feu rouge ! Ce n'est pas possible. J'aurais dû prendre le métro. Pélissier affirme que l'usage de la voiture multiplie les cas de folie. Je n'en possède pas, mais ce n'est peut-être pas un obstacle. Vous avez un drôle d'homme d'affaires, Mademoiselle Marguerite. Au fait, qu'est-ce qu'un homme d'affaires comme Maurice Laurentin ? Ça y est, je parle à la troisième personne de moi-même. La folie doit vous mettre dans une situation avantageuse, on peut faire n'importe quoi. Tiens, le restaurant chinois où nous avons déjeuné dimanche dernier avec Marie-Odette. Remarquez, Pélissier est un ami d'enfance, il constatera immédiatement l'exagération de Marie-Odette.

« Démarre donc, eh, péquenot », crie mon chauffeur. Je partage son indignation véhémente : il est intolérable que les gens vous barrent la route intentionnellement. Ce n'est pas Rosen qui aurait un comportement pareil. Un enfant, Rosen ? Tout le monde ne peut être un avocat pédant et sentencieux, adulte dès le berceau, comme le père de Marie-Odette. Le taxi s'arrête devant le *Printemps.* Enfin !

« Les parasols, s'il vous plaît. » La préposée aux renseignements, aux paupières bleues, sourit de toutes ses dents éblouissantes. Et pour l'égayer, j'ajoute : « C'est pour l'Afrique équatoriale. » « Cinquième étage », dit-elle avec une nuance d'inquiétude.

La parfumerie du magasin est un échantillon des délices du Paradis, surveillée par des anges en blouses roses, superbement maquillées. Il fait une chaleur étouffante dans ce vaste local ; la foule se presse devant l'ascenseur. Une jeune fille blonde, presque aussi bien en chair que Marie-Odette, ouvre la porte. Elle est en uniforme bleu, bleu comme ses yeux décolorés par l'ennui. Grâce à ses petites mains gantées, notre troupeau fera ascension vers la lingerie fine, les pantalons de tergal, les tapis persans, les moulins à café électriques, les Mozart en trente-trois tours et les produits alimentaires ordinaires et exotiques. Seul Maurice Laurentin a droit à un sourire car, lui, cela se voit de loin, est un client exceptionnel. Cette jeune personne lit sur mon visage l'intention d'acheter un objet rare pour un être unique.

Le vendeur au crâne dégarni et portant une petite barbe châtaine se montre moins complaisant. Ma visite l'ennuyait, malgré les détails que je lui donnais sur mon expédition en Afrique équatoriale, plus précisément en Oubangui-Chari où la culture du riz est irréalisable sans un parasol approprié. Mais, ainsi que la préposée aux renseignements, le vendeur resta insensible à mon récit pourtant vivant et assez pittoresque.

N'importe ! Ses parasols étaient d'une beauté somptueuse. Lequel choisir ? Quel est celui qui irait le mieux avec des cheveux blancs et des yeux bleus ? Je choisis longuement, précautionneusement, pesant le pour et le contre. Que voulez-vous ? Un parasol n'est pas un paquet de gauloises que l'on prend en une seconde.

— Lequel ? demanda le vendeur tristement.

Le ciel me fit signe. Il pleuvait de nouveau.

***

Les paupières baissées, les mains dans les poches de son tablier noir, immobile, Mademoiselle Marguerite semblait sommeiller. La porte-cochère où elle trouva refuge ne l'abritait qu'à moitié et une large tache humide se formait sur l'épaule de sa jaquette en tricot gris. Je me sentais envahi par un sentiment de honte comme si j'avais été l'artisan de cette tache.

J'attendis qu'un gros homme déposât sa monnaie dans la boîte et prit *France-Soir* puis, brandissant le parasol, j'avançai vers Mademoiselle Marguerite. Je m'approchai de la vieille femme cloîtrée dans sa solitude que le défilé des passants laissait intacte. Les hommes et les femmes considéraient distraitement l'étrange drapeau, serré contre ma poitrine avec une joie ridicule. Cette joie n'appartenait à personne, à peine à Mademoiselle Marguerite.

Elle leva la tête d'un air absent, m'aperçut et un sourire illumina son visage vieilli encore depuis hier.

— Eh, bonjour, Monsieur. — Elle me montra son chapelet qu'elle cacha soudain dans sa poche. — J'ai justement prié pour vous.

Elle n'aperçut pas encore la nouvelle toiture de sa maison posée contre le lampadaire. Je me penchai à son oreille et lui demandai de fermer les yeux. Comme une enfant qui joue, elle cacha son visage entre ses mains.

J'ouvris le parasol et le plantai à l'emplacement de l'autre.

— Regardez, Mademoiselle.

— Oh ! s'écria-t-elle. Qu'il est beau ! Oh, là, là ! — D'un geste gauche, elle caressa le manche. — Mais ça doit coûter cher.

— Voyons, Mademoiselle. Le parasol de la Sainte-Famille n'a pas de prix, vous le savez bien.

Elle me fit signe de me pencher.

— Alors, c'est Jésus qui me l'a envoyé.

Je revoyais le visage maussade du vendeur du *Printemps* et me rappelais mes élucubrations. Aurais-je dû répondre que Jésus m'avait donné rendez-vous et prié de remettre à Mademoiselle Marguerite cette étrenne de sa part ? Son Père lui a tout permis ; elle m'en assura souvent. Il se pouvait donc que des types aussi peu aptes que moi lui servent d'intermédiaires. Mais je ne pense à cela qu'à présent, car j'ai l'esprit d'escalier, Marie-Odette me le fit remarquer plus d'une fois. Une psychothérapie légère en serait-elle le remède ?

La tache d'humidité sur sa jaquette me rappela à l'ordre. Je lui demandai si elle avait froid. Remise un peu de son émerveillement, elle fit *non* de la tête. Mademoiselle Marguerite n'avait ni froid ni chaud, jamais. Je pris son foulard gris, posé sur une pile de journaux, le lui mis autour du cou et glissai une pointe entre la tache humide et sa blouse.

Une jeune femme, coiffée d'un capuchon transparent, demanda *France-Soir*. J'encaissai le billet de cinq cents francs et fouillai dans la boîte suspendue avec des pinces à linge au bord de la petite voiture pour lui rendre la monnaie.

— Vous vous êtes trompé, Monsieur, dit-elle avec un accent alsacien.

Mademoiselle Marguerite se fâcha :

— Monsieur ne se trompe jamais, Madame.

— La dame a raison, Mademoiselle. J'ai rendu cinquante francs en moins. Excusez-moi, Madame.

— Il n'y a pas de mal, dit la jeune femme. Au revoir, Marguerite.

— Au revoir, dit Mademoiselle Marguerite sans aménité. — Les femmes ne sont pas toujours polies, n'est-ce pas, Monsieur ? Tenez, la concierge... — Elle posa sa main sur sa poitrine. — Non, non, ne vous inquiétez pas, ça va mieux. Alors, j'ai donné cinq cents francs à la concierge pour rester ici parce qu'il pleuvait. Elle a voulu mille francs. « Tu es pleine aux as, qu'elle dit. Tu as des millions à la Caisse d'Epargne. » Elle ouvrit ses bras. — Et je n'ai que cinq cent cinquante francs. — Elle leva les yeux sur le parasol. — Qu'il est beau ! Je vous donne les cinq cent cinquante francs pour la peine.

J'arrêtai la main qui glissait déjà vers la boîte à monnaie.

— Non, Mademoiselle.

Le jeu habituel recommença. Elle posa dans ma main les pièces que je remis quelques instants plus tard dans la poche de son tablier. Ainsi, notre âme avait retrouvé sa paix fragile et provisoire.

Après cette opération, nous déménageâmes. Je poussai sa voiture jusqu'au coin de la rue devant le café-restaurant et mis de l'ordre dans les piles de journaux.

Mademoiselle Marguerite me suivait d'un pas lent, sa main invalide cachée dans sa poche. Elle semblait errer plutôt que marcher sur ses pieds enflés, abrités dans des pantoufles épaisses et déformées. Les automobiles filaient sous le soleil qui faisait une timide apparition et dessinait sur les maisons fraîchement blanchies l'ombre menue de la vieille femme. Je n'ai jamais entrevu encore avec une telle acuité le patrimoine réservé aux ténèbres et à la mort. Où était *son* Jésus, le faiseur de miracles, le guérisseur des malades, l'abolisseur de la mort ? La marchande de journaux portait le masque de plomb des agonisants.

Je poussai sous elle son tabouret recouvert d'un coussin marron. Elle se laissa faire docilement, en s'appuyant sur mon épaule.

Installée enfin à sa place, devant son paysage habituel, ses traits se détendirent et elle dit joyeusement :

— Ah ! que je suis contente ! — Elle examina du regard le parasol. — Il est plus beau que l'autre. Oui. Mais sur l'autre il était partout écrit *France-Soir*. Monsieur l'a aperçu ?

Déconcerté, j'observai le parasol, moi aussi.

— Vous avez raison, Mademoiselle. Mais souvenez-vous de la Sainte-Famille. Etait-il marqué quelque chose sur leur parasol ?

Elle poussa un soupir d'admiration :

— Ah ! ce que vous êtes intelligent !

Deux voitures de pompiers passèrent devant nous, écarlates et rugissantes ; les voitures ralentissaient en leur laissant le passage.

— Ils auront moins de travail, dit Mademoiselle Marguerite. Il recommence à pleuvoir. Monsieur n'a pas froid ? Il faut mettre un manteau chaud, un imperméable n'est pas assez épais.

Ce fut l'heure de sortie des bureaux. Les clients défilaient et faisaient même la queue. J'ai vendu plusieurs fois *France-Soir* et une fois *la Croix*.

— Ça ne se vend pas bien, dit Mademoiselle Marguerite. Forcément, c'est le journal des curés. Et il est plus petit que *France-Soir* et *Paris-Presse.* Vous aimez les curés, Monsieur ? — Elle répondit elle-même à sa question. — Monsieur aime tout le monde, pas comme le balayeur. — Elle désigna d'un doigt un homme à la démarche claudicante qui était en train de pousser les détritus vers le grillage du caniveau.

— Le balayeur dit que je salis le trottoir avec les journaux et il n'est pas content quand je ne lui donne pas des sous. Mais, depuis que Monsieur est mon homme d'affaires, l'unijambiste est plus poli avec moi. Il crie un peu quand je sors du métro. « Hep, la pucelle ! » qu'il dit et il crache. Pourquoi l'unijambiste et l'artiste n'aiment pas les vierges ?

Mademoiselle Marguerite avait le secret des questions embarrassantes. Grâce aux clients qui se présentaient l'un après l'autre, elle oublia que je lui devais une réponse.

— La mairie voulait me donner une pension, dit-elle dans un moment d'accalmie. Alors, j'ai dit merci, je préfère vendre des journaux. Le syndicat voulait m'envoyer aussi dans une maison de vieillards mais j'ai dit à Madame Hélène que je voulais travailler encore. L'artiste raconte qu'elle est communiste. Alors, j'ai répondu qu'elle était brave quand même. — Elle baissa la voix : — Monsieur viendra me voir quand je ne pourrai plus travailler ? Parce que je n'ai personne que vous.

— *France-Soir,* dit un quinquagénaire aux cheveux en brosse. Alors, Marguerite, vous avez retrouvé votre parasol ?

— C'est mon homme d'affaires qui l'a apporté, dit-elle avec une fierté en sourdine.

— Vous avez un homme d'affaires ? demanda l'homme d'un air amusé.

— C'est Monsieur, répondit Mademoiselle Marguerite.

— Vous ? dit-il en s'esclaffant. Une cliente comme Marguerite doit vous rapporter gros.

Le sang me monta légèrement à la tête.

— Elle me rapporte davantage que les rupins qui se croient malins.

— Ne vous fâchez pas, dit-il en pliant son journal. Etes-vous un parent de Marguerite ?

— Je suis son grand-père.

Il haussa les épaules et s'en fut, mécontent.

— Ce monsieur a trois maisons dans le quartier et la caissière dit qu'il va à Lourdes avec le pèlerinage du Rosaire pour transporter des malades. — Elle servit un client et ajouta d'un air détaché. — Il n'est pas intéressant. Il achète tous les jours *France-Soir* et il revient pour l'échanger contre la dernière édition. Ça ne fait rien. Prenez *le Monde,* Monsieur. C'est le plus cher.

Je retins sa main.

— Merci, Mademoiselle. Je le prendrai demain. Et maintenant, nous allons manger un morceau, voulez-vous ?

— Oui, mais c'est moi...

— Bien sûr.

Elle se leva péniblement en s'appuyant sur sa voiture. Un vieillard, canne à la main, vêtu d'un costume noir élimé, passa près de nous, parlant tout seul. Mademoiselle Marguerite l'appela :

— Monsieur, monsieur.

Le vieillard continua son chemin sans se retourner. Emprisonné dans sa solitude, il n'avait probablement pas l'habitude d'entendre une autre voix que la sienne. Mademoiselle Marguerite l'a bien compris :

— Il parle tout seul parce qu'il n'a personne à qui parler.

Je touchai l'épaule de l'homme. Il sursauta et se retourna.

— Tenez, Monsieur, dit Mademoiselle Marguerite en brandissant *France-Soir.* Prenez ce journal. Vous avez le même âge que moi, n'est-ce pas ?

Le vieillard la remercia mollement, avec une certaine appréhension dans son regard éteint. Comme tant d'autres, il ne croyait pas, lui non plus, à la gratuité d'un geste.

— Mademoiselle Marguerite, dis-je après qu'il eut disparu dans la foule, ne distribuez-vous pas un peu trop de journaux et d'argent ?

— Oh ! dit-elle dans un souffle. Quand on donne, on n'est jamais pauvre.

J'opinai de la tête. Oui, ce n'était pas plus compliqué que cela. Tu donnes, tu es donc riche ; tu refuses de donner, donc tu es pauvre. J'ai apporté un parasol à Mademoiselle Marguerite et elle, elle me livre le secret d'une loi fondamentale. Mon bénéfice était substantiel et, du coup, mon titre d'homme d'affaires largement mérité.

Je voulus prendre la boîte de monnaie attachée à sa petite voiture, mais Mademoiselle Marguerite m'arrêta :

— Laissez, Monsieur. Les clients s'en serviront eux-mêmes.

— On ne vous vole pas ?

Elle fit un geste pour me signifier que cela n'avait aucune importance et s'appuya sur mon bras, en gardant son incognito au milieu des passants. Sous son affublement modeste, personne n'eût pu reconnaître la femme richissime.

Elle arrivait à peine à la hauteur de mon épaule, je me baissai pour l'entendre.

— Je n'ai pas demandé à Jésus un autre parasol et Monsieur me l'a apporté. Je ne lui demande jamais rien parce qu'il n'aime pas qu'on prie par intérêt. Ce n'est pas la peine de le déranger, il sait ce qu'il doit faire. Il aime qu'on l'aime, c'est tout.

Je hasardai timidement :

— Et lui ? Il vous aime ?

Elle s'arrêta :

— Ah, oui, dit-elle fermement.

— Vous en avez la preuve ? lui demandai-je à l'oreille.

— Plaît-il ?

— Je veux dire : Jésus vous montre-t-il qu'il vous aime ?

— Oui, oui, répondit-elle en levant ses yeux immenses sur moi. Il m'aime parce que je pense tout le temps à lui depuis toujours. On ne pense pas tout le temps à quelqu'un s'il ne vous aime pas. Et Jésus m'a envoyé Monsieur pour que je sente encore mieux qu'il m'aimait.

Ce n'était guère une preuve décisive pour moi, mais je gardai le silence et poussai la porte du café-restaurant.

Notre arrivée sembla créer une surprise ou avais-je des hallucinations ? N'importe. La caissière du jour, les deux garçons et les chauffeurs de taxi nous dévisagèrent comme si nous sortions tout droit de l'arche de Noé.

— Voulez-vous vous asseoir, Mademoiselle Marguerite ?

— J'aime mieux être debout. Je m'appuie sur le comptoir et je suis bien. Mais je vais me laver les mains, les journaux sont trop salissants.

Elle s'en alla d'un pas lourd en s'appuyant sur les chaises, les tables, le mur. La tache humide se rétrécissait sur son épaule, elle avait pris la forme d'une étoile.

Je commandai des omelettes au jambon, deux ballons de beaujolais et allumai une cigarette. « L'aventure spirituelle est une source de joie », me disait Rosen après notre dîner avec Mademoiselle Marguerite. « C'est la seule aventure et la seule vraie joie. Le reste n'a qu'une importance négligeable ou dérisoire », ajouta-t-il. Et dans sa voiture qui fleurait le tabac hollandais, il m'apprit que ce fut après la mort subite de sa femme, qu'il adorait, que cette aventure s'était imposée à lui. « Mes amis me demandent de leur expliquer mon cheminement, ma conversion, ma foi. Mais comment expliquer un mystère dont j'ignore tout moi-même ? Quoi de plus banal qu'après la mort de Suzanne, quand je ne pensais qu'à me supprimer, Dieu me donne rendez-vous à Assise ? Quoi de plus banal que votre rencontre avec la marchande de journaux ? Je suis convaincu qu'à un moment donné, chacun de nous est bénéficiaire d'un de ces rendez-vous, l'important c'est de ne pas le louper. — Et à votre retour d'Assise, personne ne vous a recommandé une psychothérapie ? » Il éclata de rire. « Une psychanalyse, ami, et en profondeur. Après l'examen, savez-vous quel a été le diagnostic du psychanalyste ? Non, vous ne devinerez jamais. Il m'a recommandé une retraite dans un monastère. Et ce fut un autre rendez-vous, non pas avec l'ombre d'un saint, réconciliateur de la nature et de la grâce, un fils à papa qui a tout reçu, parce qu'il a tout donné, mais avec un moine bien vivant, un ancien antiquaire de la place de la Madeleine, devinant et comprenant tout, humain, tendre, génial, le Père Albéric de la Trappe de Bricquebec. » Il me regarda bien en face : — Voulez-vous qu'un jour nous lui rendions visite ensemble ?

— Racoleur, dis-je en riant, et je pris congé de lui.

Mademoiselle Marguerite revint, un œillet rose à la main.

— La dame des toilettes est gentille, dit-elle. Elle m'a offert cette fleur. Je vous la donne de bon cœur. Si, si !

Elle parcourut du regard les plats posés sur le comptoir sur lequel elle posa les coudes.

— Quand j'étais plus jeune, la gérante m'a demandé de garder les toilettes. J'ai dit : Merci, non. — Vous pourriez gagner beaucoup d'argent, qu'elle dit. Alors, j'ai répondu que j'aimais mieux le bon air, c'est plus sain. Monsieur aurait accepté d'être dame des toilettes ?

Je remarquai que j'aurais préféré la vente des journaux parce que je n'aimais pas le bruit des chasses d'eau.

Elle porta la main à ses cheveux mouillés.

— Je suis comme Monsieur. Mais je n'ai pas osé le dire.

Le garçon déposa devant nous les omelettes et remplit nos verres.

— Il ne fallait pas, protesta Mademoiselle Marguerite. — Elle renifla discrètement le plat. — Ça sent bon. J'aime bien l'omelette à midi, pas le soir. Bon appétit, Monsieur.

Elle mangea en silence avec un peu plus d'appétit que d'habitude. Cependant elle semblait tendue et préoccupée.

— Je me suis réconciliée avec l'artiste et, ce matin, il a causé à la voisine et il a fait semblant de ne pas me reconnaître. — Elle contempla son omelette et haussa les épaules. — Il est comme Pierre.

Ce personnage ne fut jamais encore évoqué dans

nos conversations ; je lui demandai de me fournir de plus amples détails.

— Monsieur ne connaît pas Pierre ? dit-elle avec l'accent d'une légère déception. Elle trempa son morceau de pain dans le jus de l'omelette. — Alors, la bonne a demandé à Pierre s'il connaissait Jésus. — Comme d'habitude, elle vérifia d'un regard si personne ne l'écoutait. — Et Pierre a répondu qu'il ne l'avait jamais vu. Ça me fait mal au cœur quand je lis ce mensonge dans la Bible parce que Jésus lui a confié quand même les clés du Paradis. — Elle but une gorgée de vin et secoua la tête. — Il lui a même lavé les pieds, oui. Ils ont déjeuné et dîné ensemble, et Pierre a juré qu'il ne l'abandonnerait jamais. — La fourchette s'arrêta dans sa main. — Pourquoi a-t-il dit à la bonne qu'il ne le connaissait pas ?

Je ne suis guère un prospecteur des états d'âme et encore moins le gardien de mon frère saint Pierre, mais je suis assez bien renseigné sur ma propre nature et mes propres réactions.

— Pierre avait peur, Mademoiselle Marguerite.

— Monsieur a raison. Il avait peur. Forcément. Jésus était en prison et Pierre aimait mieux mentir qu'être avec lui dans un cachot. — L'indignation dessina des petites taches rouges sur son visage. — C'est moche, ce qu'il a fait, n'est-ce pas, Monsieur ? Mais la bonne n'était pas contente. « Tu es un disciple, qu'elle dit. Je t'ai vu avec Jésus quand il a donné à manger aux pauvres. » Alors, Pierre tapait du pied. « Non, non et non, qu'il dit. Je ne le connais pas. » La bonne était contrariée et criait, terrible comme elle criait : « Tu es un menteur, qu'elle dit. Tu as le diable dans le corps et tu seras puni. »

Une grosse femme aux cheveux teints en jaune entra au café-restaurant et commanda un vin blanc sec.

Mademoiselle Marguerite la considéra d'un air embarrassé.

— Une femme légère, chuchota-t-elle. Elle est comme les jeunes filles de la rue Saint-Denis. C'est triste quand même.

Les mœurs de la femme aux cheveux jaunes affligeaient beaucoup Mademoiselle Marguerite. Pour la distraire, je lui chuchotai à l'oreille :

— N'y avait-il pas un coq aussi dans votre histoire ?

Elle me regarda avec surprise :

— Monsieur le sait ? Oui, il y avait un coq, grand et fort. Il était en colère et il a crié sur Pierre. Si le coq était fâché, c'est qu'il savait que Pierre avait menti.

Elle lança un regard sombre sur la femme légère :

— Laisser tomber Jésus, vous vous rendez

compte ? Alors Pierre avait honte et il pleura amèrement. Mais c'était trop tard.

Elle nettoya l'assiette avec un morceau de pain :

— Si l'artiste ne veut plus me dire bonjour, il aura peut-être honte, lui aussi. Je ne regrette pas les trois cents francs par jour, mais j'aurais mieux fait de donner cet argent à Monsieur. — Elle glissa une pièce dans ma poche. — Buvez un bon verre de vin rouge, Monsieur.

— Merci, Mademoiselle, dis-je en regardant vers le plafond.

Elle suivit mon regard et je remis la pièce de cent francs dans la poche de son tablier.

— A votre santé, Mademoiselle Marguerite.

— A la vôtre, Monsieur.

Avant de choquer nos verres, je dis :

— Nous nous connaissons depuis longtemps et nous sommes devenus amis, n'est-ce pas Mademoiselle Marguerite ? Eh bien, il ne faut pas me dire *Monsieur*.

Ma demande la plongea dans un abîme de réflexions.

— Vous êtes un monsieur, pas comme l'unijambiste, dit-elle après un long silence.

— Nous sommes amis et je serais heureux si vous m'appeliez Maurice.

Les voitures des pompiers firent trembler les

vitres du café-restaurant ; tous les yeux se tournèrent vers la rue, sauf ceux de Mademoiselle Marguerite.

Le visage de la marchande de journaux eut une transformation magique ; il rajeunissait à vue d'œil.

— Vous avez raison, dit-elle vivement. Jésus n'aimait pas non plus qu'on l'appelle monsieur.

Je pénétrai au café-restaurant avec une conscience un peu plus légère que d'habitude, Marie-Odette ayant été appelée d'urgence à Lille au chevet de sa mère, victime d'un accident cardiaque. « Coq au vin, pot-au-feu, sauté de mouton », annonça triomphalement le garçon et la fausse cousine, vêtue d'une robe verte seyante me salua d'un sourire fugitif. Je parcourus du regard le rang serré des chauffeurs de taxi ; tout le monde était présent et jouait son rôle dans ce monde nocturne, seule Mademoiselle Marguerite manquait.

J'étais en retard, mais je connaissais trop bien ses habitudes, réglées par une horloge invisible, pour ne pas être surpris de son absence.

A huit heures du soir, elle quittait son tabouret

branlant ; à huit heures quarante arrivait un garçon de café des Halles qui, moyennant deux cents francs et un verre de vin blanc par jour, déménageait sa voiture, son parasol et les journaux invendus. A neuf heures cinquante, elle prenait le métro la déposant presque à sa porte.

A l'instar des concitoyens de Kant, les habitants du quartier auraient pu régler leurs montres d'après les changements de place de Mademoiselle Marguerite. Elle s'orientait dans le labyrinthe du temps ainsi que les oiseaux, sans jamais jeter un regard sur les aiguilles d'un réveille-matin ou d'une montre-bracelet.

Je me faufilai entre les voitures, annonciatrices de catastrophes, et demandai à l'unijambiste s'il n'avait pas vu, par hasard, Mademoiselle Marguerite.

— Mademoiselle, mademoiselle, grommela-t-il. A moi, tu ne dis jamais monsieur.

— Pourquoi veux-tu que je te dise monsieur puisqu'on se tutoie.

Il remua son mégot éteint entre ses lèvres.

— C'est vrai, dit-il dans un grognement. Non, je n'ai pas vu ta demoiselle. — Il cligna un œil dans la lumière jaune de la lampe à acétylène. — Elle s'est peut-être endormie dans les bras de son amant. Ne me regarde pas comme ça, patron. Tu me fiches la trouille, parole d'honneur. Elle est malade, la Marguerite, pour sûr. C'est pas pour une vieille de travailler dans les courants d'air, pas vrai ? J'ai soixante-sept berges, moi, mais, quand ça pisse du ciel, j'ai mal partout comme si on me piquait avec des aiguilles. Et tu te mets le doigt dans l'œil si tu crois que ma bonne femme s'occupe de moi quand j'ai mal. Mais j'aurai sa sale peau un de ces quatre matins, patron. C'est moi qui te le dis.

Je répondis que l'indulgence était la vertu principale d'un homme fort et retraversai la rue sous un ciel plein d'étoiles. Y en avait-il une parmi elles qui aurait bien voulu me conduire vers Mademoiselle Marguerite ? J'ai des idées baroques de temps en temps, j'en conviens.

La foule s'épaissit encore devant le comptoir. Je gardais un vague espoir de découvrir la marchande de journaux derrière les dos larges des chauffeurs de taxi. Je guettais à travers les vitres, mais je ne vis que des hommes s'empiffrant de coq au vin, de pot-au-feu, de sauté de mouton, voraces, criards et indifférents, comme si c'était normal que Mademoiselle Marguerite ne se trouvât pas à sa place habituelle à cette heure, près de la glace murale.

Que faire ? Aller chez elle ? Attendons un quart d'heure.

Je m'assis à la terrasse vitrée et commandai un verre de beaujolais. Un whisky m'aurait tenté, mais je ne voulais pas être surpris par Mademoiselle Marguerite avec un verre rempli d'une boisson inconnue d'elle. Cette réflexion était sotte et puérile. Passons.

Je buvais à petites gorgées le vin un peu froid et écoutais le son d'une cloche qui carillonnait dans ma tête. Etait-ce un signal d'alarme ?

J'avais promis à Mademoiselle Marguerite qu'elle vivrait jusqu'à cent ans et j'avais même produit un témoin de la taille et du poids de Louis Rosen. Futile et prétentieux, j'aurais mieux fait de la conduire chez un spécialiste. Mais la sinécure de faiseur de miracles m'allait comme un gant et l'abus de confiance me dilatait les poumons. A présent, sa place était occupée par un chauffeur de taxi en manches de chemise, qui vidait un demi de bière blonde.

Le garçon de la terrasse essuya la table et eut la bonne idée de distraire mon attente. Il connaissait depuis six ans la marchande de journaux.

— Vous êtes bien bon de vous occuper d'elle, dit-il en grattant son front dégarni. Remarquez, il y a plus malheureux que Marguerite. Mais c'est une bonne fille, ça oui. Les chauffeurs de taxi ne sont pas regardants, mais c'est elle qui donne les meilleurs pourboires, tous mes collègues peuvent vous le dire. Et elle distribue des journaux et paye des verres à qui lui demande. C'est son affaire, pas vrai ? Elle est vieille et les linceuls n'ont pas de poches.

Il considéra la table et donna un coup de chiffon supplémentaire.

— Si vous voulez mon opinion, le travail entretient la santé. C'est pourquoi elle ne veut pas s'installer dans un hospice. — Il hocha la tête en souriant. — Qui sait ? Elle travaillera peut-être jusqu'à cent ans. Ça se voit des fois en Auvergne.

— Puis-je vous offrir un verre ? dis-je réjoui et reconnaissant.

— Vous êtes gentil, Monsieur. Merci. Mais le gérant nous interdit de boire avec les clients.

Il accepta une cigarette et la glissa dans son paquet de gauloises à moitié vide.

— Ne vous inquiétez pas, reprit-il. Quand elle est fatiguée, il lui arrive de prendre deux ou trois jours de repos.

— Dites-moi...

Je cherchais des mots afin de donner le moins d'importance possible à ma question.

— Ne pensez-vous pas qu'elle est croyante et que c'est pour cela...

— Croyante ? dit-il en m'interrompant. Oh, non, Monsieur. J'ai une mère âgée, alors je bavarde quelquefois avec Marguerite. Un brin de causette, ça fait plaisir aux vieux, n'est-ce pas ? Mais la religion, les curés, non, ce n'est pas pour Marguerite.

Je jetai un coup d'œil sur ma montre-bracelet ; il était huit heures trente-deux.

— Je vous ai posé cette question à tout hasard...

— Je comprends, je comprends, dit-il d'un air distrait.

— On peut être marchande de journaux et croire en Dieu. La religion n'est pas réservée aux bourgeois pleins aux as.

Il recula d'un pas.

— Si, Monsieur. Excusez-moi, on m'appelle.

Je vidai mon verre d'un trait.

— Voulez-vous m'en apporter un autre ?

Je mis un billet sur la table et attendis son retour. Pendant qu'il remplit le verre et me rendit la monnaie, je lui demandai :

— Vous croyez vraiment que Mademoiselle Marguerite pourrait vivre jusqu'à cent ans ?

Il haussa les épaules :

— Pourquoi pas ? Je vous remercie, Monsieur.

Ainsi, je n'étais pas seul à penser et proclamer que Mademoiselle Marguerite pourrait devenir une centenaire. Ma prédiction n'était donc pas tout à fait un abus de confiance. Son absence momentanée m'inquiétait moins puisque la marchande de journaux prenait de temps en temps quelques jours de repos.

Les beaujolais aidant, les bienfaits du calme commencèrent à agir sur moi. Je décidai de commander une choucroute, car les deux verres de vin me creusaient l'estomac.

J'aurais pu commander mon repas à la terrasse, mais dîner au comptoir me semblait être davantage dans les usages établis. Dans la fumée et le brouhaha de la salle, je me trouvai soudain nez à nez avec le chauffeur de taxi russe, de haute taille, que je soupçonnais être un prince déchu. Il avait sa longue main blanche placée sur la poitrine comme un franc-maçon discourant dans sa loge et sa voix était solennelle, pleine de « r » noblement roulés.

— Vous cherchez peut-être Marguerite ?

— Oui et non. Le garçon de la terrasse vient de me dire qu'elle se repose parfois deux ou trois jours.

Le Russe leva ses épais sourcils.

— Deux ou trois jours ? Je le veux bien. Cependant, vu son âge... Il contempla ses ongles étonnamment brillants et ajouta : — Etes-vous français, Monsieur ?

Je crus mal comprendre sa question et gardai le silence.

— Etes-vous français ? répéta-t-il avec une légère impatience.

— Je ne vois pas le rapport entre l'état de santé de Mademoiselle Marguerite et ma nationalité.

D'un geste large, il salua un de ses collègues et reposa sa main sur sa poitrine.

— Je dîne dans cette brasserie tous les soirs depuis presque dix ans et je constate que vous êtes le premier qui traite cette marchande de journaux d'égal à égale.

Il esquissa un sourire :

— Est-ce que je me trompe ?

Je m'inclinai légèrement.

— Je suis un démocrate, cher Monsieur.

— Tout le monde est démocrate, même les communistes, dit-il d'un ton sec. Ils sont encore plus démocrates que les autres, car ils se disent démocrates *populaires*. Cependant, je ne vois pas très souvent les démocrates français dîner avec une vieille femme sans fortune. Voyez-vous, l'aristocratie russe avait beaucoup de défauts, mais elle savait apprécier les gens du peuple.

Il me fixa de ses petits yeux rapprochés :

— Votre conduite envers Marguerite me laissait supposer que nous étions compatriotes et issus du même milieu.

Je reculai un peu afin de laisser le passage aux clients affluant dans la salle.

— Je suis désolé de vous décevoir.

Le Russe se raidit.

— Il n'y a pas de mal, Monsieur, dit-il avec froideur. Eh bien, à mon tour, je suis désolé de vous apprendre que la marchande de journaux se trouve à l'hôpital. Elle a été ramassée par police-secours ce matin près du métro Saint-Denis. Je n'ai rien pu faire, elle était déjà couchée sur le brancard quand j'arrivai.

Il ne fallait jamais sonner chez Mme de Brancion. La clé était dans la serrure de la porte d'entrée de son appartement et y entrait qui voulait. L'escalier exhalait une forte odeur de cuisine et le silence de la maison filtrait les rumeurs de la rue Monsieur-le-Prince, plus chinoise que latine à certaines heures de la soirée. L'odeur s'atténuait devant la porte de la comtesse, au cinquième étage, ainsi que les rires et la voix gutturale des garçons à la peau jaune comme les gémissements des fontaines du jardin du Luxembourg.

Mais déjà je tournai la clef et entrai dans l'antichambre éclairée par une ampoule bleue. J'entendis la voix de Mme de Brancion :

— Vous vous prenez pour Flaubert, mon cher

Gérard. Vous êtes mystique et vous ne croyez en rien.

Des rires bruyants éclatèrent, puis une voix jeune et bien timbrée prononça :

— Je prends ce risque, Madame.

La réponse de la comtesse tomba comme un couperet :

— Il n'y a qu'un seul risque, mon pauvre Gérard. C'est de penser juste.

Quelle tête aurait fait Mademoiselle Marguerite si d'aventure elle eût assisté à cette conversation ? Cette idée insolite me permit d'imaginer un instant la présence de la marchande de journaux dans le salon de Mme de Brancion.

Elle eût été bien à sa place entre les protégés privilégiés de la comtesse, les deux Gérard, l'un brun, perdant ses cheveux, l'autre blond ; l'un se méprisant, l'autre dédaigneux, épris de lui-même. Le premier se considérant, sinon laid, du moins insignifiant ; le second comptant sur sa beauté équivoque, séducteur de jeunes filles et d'hommes d'un certain goût. Tous les deux étaient amateurs de vieilles femmes. Par respect pour les cheveux blancs ou par intérêt ? Je n'en savais rien.

Ils auraient parlé doucement avec Mademoiselle Marguerite : le brun avec courtoisie et compassion, l'autre avec une curiosité gidienne.

Françoise, la fiancée du premier Gérard, au regard englouti dans son horizon sans soleil, eût gardé ostensiblement le silence, contrairement à Jeanne Hamelin qui pratiquait les pères du désert et affirmait à qui voulait l'entendre que l'esprit de pauvreté ne manque qu'à ceux qui méprisent les pauvres. Lucien, haut fonctionnaire exclu du parti communiste, un ami de Rosen, aurait posé des questions précises à Mademoiselle Marguerite en fronçant ses sourcils qui se rejoignaient à la racine de son petit nez et en contemplant cette proie facile de toutes les chapelles, politiques ou autres. Seule la comtesse eût pu nouer de vrais liens avec la marchande de journaux, non pas à cause de leur vieillesse commune, mais parce qu'elle possédait le pouvoir de mettre à l'aise n'importe qui. L'abat-jour, placé au chevet de son divan, peignait les visages d'une couleur de miel.

Mme de Brancion posa sur moi un regard attentif, incompréhensiblement jeune. Entourée de ses hôtes solides dans la force de l'âge, son corps, vêtu d'une robe légère, parut comme ravagé par la maladie et ses traits par les griffes du temps. Mais ni la souffrance ni la vieillesse ne pouvaient rien contre la jeunesse inextinguible, le feu de ses yeux immenses.

Gérard, le brun, m'apporta une tasse de café après m'avoir cédé son fauteuil avec une courtoisie empressée. Jouant à la perfection le rôle de la jeune fille de la maison, il demanda :

— Comment va votre marchande de journaux, Monsieur Laurentin ?

Eh, oui, je suis le monsieur qui a une marchande de journaux dans sa vie. Mademoiselle Marguerite est ma croix de guerre, mon mérite agricole, ma Légion d'honneur. Par-dessus la fumée du café, j'aperçus les regards croisés, bienveillants ou amusés, sans la moindre trace de jalousie. Personne ne m'enviait cette distinction, cette médaille, cette décoration. On entendit le craquement d'un meuble.

— Justement... commençai-je.

Je me suis tu car, s'adressant à Mme de Brancion, le blond Gérard se mit à parler d'un concert de clavecin.

— Le clavecin n'est pas un instrument de musique, remarqua d'une voix hostile la fiancée de l'autre Gérard.

La comtesse sortit de l'ombre sa main déformée et se tourna vers la jeune fille :

— Vraiment ?

— Le clavecin est un nain, un piano infirme, dit Françoise de plus en plus morose. Il ne chante que pour les femmelettes.

— Nombreuses sont les femmelettes, dit le blond Gérard, savourant l'hostilité de la jeune fille.

Gérard, le brun, fit un geste comme pour implorer le ciel.

— Ayez pitié de ceux, ma chère Françoise, qui ne partagent pas vos goûts raffinés.

— Mes enfants, mes enfants, intervint Mme de Brancion. Vous qui ne lisez pas les poètes, vous parlez comme si Baudelaire était votre nourriture quotidienne.

Dans le silence qui accueillit les paroles de la comtesse, je fouillais mes souvenirs littéraires ; les poèmes lus ou appris par cœur dormaient dans ma mémoire.

Lucien, un œillet blanc à la boutonnière, se frotta les mains qu'il savait belles, et se mit à psalmodier :

— *Moi, je dis : la volonté unique et suprême de l'amour gît dans la certitude de faire le mal. Et l'homme et la femme savent de naissance que dans le mal se trouve toute volupté.*

De sa main déformée, la comtesse flattait le dos du chat du blond Gérard et rit de plaisir.

— Les révolutionnaires professionnels sont les derniers amis des poètes, dit-elle. Il est vrai qu'après la prise du pouvoir, vous leur interdisez d'avoir une voix personnelle et vous les censurez jusqu'à leurs rêves, n'est-ce pas Lucien ? Mais, jusqu'à la victoire, vous êtes des dandys comme Baudelaire parce que Dieu vous accorde le privilège, l'hygiène et l'élégance spirituelle de ne pas penser comme les autres.

Lucien se leva à moitié et s'inclina :

— Je vous remercie de vos compliments, Madame. Ainsi donc, Lénine, Khrouchtchev et Mao, pour ne nommer que ceux-là, étaient des dandys ?

— Parfaitement, mon cher.

Lucien toucha ses cheveux grisonnants :

— En vous écoutant, Madame, un autre mot de Baudelaire m'est revenu à l'esprit. Il prétend que le prêtre est immense parce qu'il fait croire à une foule de choses étonnantes. Faire croire à des choses étonnantes, c'est cela le secret des révolutionnaires et non pas le dandysme.

Gérard, le blond, croisa ses longues jambes encerclées de velours noir.

— Votre façon de penser s'appelle, je crois, la dialectique, dit-il d'une voix fluette.

Mme de Brancion leva lentement la tête et observa ses hôtes dans le clair-obscur de la pièce à moitié vide. Elle distribuait peu à peu ses meubles à ses parents et à ses amis avec une simplicité qui étonnait.

« Il est normal qu'au soir de ma vie, je vide mes pièces moi-même », nous disait-elle, à Marie-Odette et à moi, lors de notre dernière visite. Elle préparait sa mort comme d'autres organisent leurs voyages vers un continent lointain.

Après avoir envoyé ses amis dans la salle à manger donnant sur la cour, elle me demanda de m'approcher du divan.

— Quand je ne serai plus sur cette terre que j'aime tant, n'oubliez pas mes deux Gérard, Laurentin, dit-elle en ramenant les pointes de son châle persan sur ses épaules. Ils sont généreux et intelligents tous les deux, mais ils flottent dans le quotidien comme un vêtement trop largement coupé.

J'eus envie de répondre que j'étais un tailleur bien médiocre, puis je fis un *oui* timide de la tête. Je n'avais pas le courage de refuser cet héritage inattendu. Mais je me refusai, même au conditionnel, de considérer Mme de Brancion immobilisée définitivement sur un lit de mort. J'avais besoin de sa lucidité, sa claivoyance ou, simplement, de sa présence, donc elle était immortelle.

Je ne fus pas surpris que, sans me poser beaucoup de questions, elle devinât l'objet de ma visite. En s'accoudant sur l'oreiller, elle me demanda si l'état de Mademoiselle Marguerite était grave.

— Je n'en sais rien, Madame. J'ignore même où elle se trouve. J'ai téléphoné à tous les hôpitaux de Paris, son nom est inconnu partout. Au commissariat de son quartier, on m'a refusé toute indication parce que je ne suis pas son parent. Je crains qu'elle n'ait pas eu de papiers d'identité dans sa poche quand police-secours l'a ramassée dans la rue. Je me suis dit que vous, qui connaissiez tant de monde, vous pourriez peut-être me dépanner ou me conseiller.

L'horloge sonna dix coups dans la chambre voisine d'où parvenaient des bribes d'une discussion orageuse. Mme de Brancion semblait être absorbée dans la contemplation d'une aquarelle mauve, signée Jacques Vallery-Radot, suspendue en face du divan. Brusquement, comme en se réveillant, elle me posa des questions précises sur l'heure et les circonstances de l'accident.

Quelques minutes plus tard, l'annuaire sur mes genoux, je formai le numéro et lui tendis l'appareil.

— Prenez l'autre écouteur, dit-elle. Allô ? Le Commissariat de Saint-Denis ? Voilà de quoi il s'agit, Monsieur. J'ai une tante, une marchande de journaux, nommée Belzung Marguerite. Elle a eu un malaise ce matin vers onze heures près du métro Saint-Denis et les agents de votre commissariat l'ont transportée dans un hôpital. Voulez-vous avoir la gentillesse de m'indiquer le nom de cet hôpital.

Mme de Brancion épela le nom que j'avais marqué sur son bloc-notes.

— Ne quittez pas, dit la voix neutre.

La comtesse couvrit d'une main l'écouteur.

— Quel âge a-t-elle ?

— Quatre-vingt-trois ans.

Elle laissa errer son regard sur l'aquarelle joyeuse, représentant un jardin touffu sous un soleil d'été et murmura :

— Quatre-vingt-trois ans ? Comme moi.

La voix neutre se fit entendre dans l'appareil :

— Nous n'avons pas ce nom-là.

Mme de Brancion insista :

— Belzung Marguerite...

— Non, Madame. Ce nom n'est pas inscrit dans notre registre.

— Et que faites-vous quand une personne accidentée n'a pas de pièces d'identité sur elle ? Où la conduisez-vous ?

La voix hésita un instant :

— Ça dépend. On la conduit dans un hôpital où il y a des lits libres. Avec tous ces accidents, on ne sait jamais à l'avance.

Nous tînmes conseil après cette conversation infructueuse et sondâmes méthodiquement les mystères de la disparition. La comtesse me considéra d'un air presque enjoué.

— Laurentin, Laurentin, dit-elle enfin en caressant la tête du chat endormi. Une marchande de journaux n'est pas une aiguille qui peut se perdre dans un tas de foin. Je téléphonerai demain matin au secrétaire général de la Préfecture que j'ai connu quand il portait encore des culottes courtes. Il retrouvera votre Marguerite, je vous le garantis. — Elle lâcha la tête du chat. — Il la retrouvera vivante ou morte, comme on dit dans les romans d'aventure.

Je revoyais l'image de Mademoiselle Marguerite parmi les piles de journaux sous le parasol neuf.

— Vivante ou morte... murmurai-je.

Mme de Brancion détourna les yeux.

— Il faut s'habituer à la pensée de la mort, Laurentin. Et, d'abord, à la nôtre. L'acceptation de cette pensée est la seule simplicité et, peut-être, la seule noblesse.

Elle posa sa tête sur l'oreiller :

— Faites entrer nos amis pour que je prenne congé d'eux. Après dix heures du soir, je ne suis bonne à rien.

— Vous cherchez quelqu'un, Monsieur ?

— Mademoiselle Belzung Marguerite, quatre-vingt-trois ans.

— Adressez-vous au bureau des renseignements. Il n'y a personne de ce nom dans cette salle.

J'entends cette réponse pour la onzième ou douzième fois, donnée tantôt par une infirmière, tantôt par une malade. L'haleine des salles me prend à la gorge, mais, comme un inspecteur zélé, je fouille du regard les visages émergeants des lits. Les femmes m'observent à leur tour avec curiosité ou, par moments, avec une hardiesse embarrassante. Passer en revue les faces lisses ou ridées derrière lesquelles se cachent des souffrances obscures me met sur le gril. Je me traite d'imbécile et continue mes recherches. J'aperçois de temps en temps une tête blanche. Je m'approche : une inconnue.

Il avait plu toute la matinée et l'eau tombe de nouveau. Une marchande de journaux ne peut être perdue sans laisser de trace, c'est entendu, et cependant, il me paraît évident que si je devais fouiller toutes les salles réservées aux femmes de tous les hôpitaux de Paris, une semaine ne suffirait guère. A moins que le secrétaire général de la Préfecture, l'ami de Mme de Brancion, ne revienne de Marseille plus rapidement que prévu et ordonne une enquête. Je n'avais qu'une certitude : aucune femme de l'âge de Mademoiselle Marguerite n'avait été, depuis hier matin, transportée à la morgue.

La glace de la vitrine d'un tailleur renvoie mon image, et je me regarde comme un étranger. Je me regarde avec les yeux de ma secrétaire, de mes collègues, de mes directeurs, de mon président-directeur général. Je suis l'ingénieur précis, méthodique, efficace, respecté et, parfois, envié, qui fait l'école buissonnière. Rouage indispensable, moi ? Mais vous voyez bien que tout continue sans ma petite part de savoir.

C'est Marie-Odette qui me dévisage à présent dans la glace, indulgente et tendre, un peu inquiète, et triste aussi. Je l'ai appelée tout à l'heure à Lille ; sa mère va mieux et elle rentrera demain soir à Paris.

Avant de la quitter, j'annonçai d'une voix qui voulait être objective, sinon sèche, la disparition de Mademoiselle Marguerite. « Je suis désolée pour toi », dit-elle simplement. Sa sincérité était l'évidence même, mais je ne pouvais m'empêcher de la provoquer. « Ainsi, je n'aurai plus besoin de psychothérapie. — Mon chéri, mets-toi un instant à ma place, dit-elle d'un ton navré. Imagine que je te quitte tous les soirs pour dîner avec un marchand de journaux, même très vieux. N'en serais-tu pas inquiet ? — Tu n'as rien compris à cette situation. » A ma propre surprise, j'ajoutai : « D'ailleurs, moi non plus. » J'entendis son rire : « Voilà pourquoi je t'aime. »

J'arrête un taxi et donne au chauffeur l'adresse d'un quatrième hôpital. Il pleut de plus en plus fort, la voiture roule lentement dans les flaques d'eau.

— Avec leurs bombes atomiques, ils ont démoli toutes les saisons, dit le chauffeur.

Je réponds distraitement qu'il a peut-être raison, mais y a-t-il des preuves scientifiques ?

— Qu'est-ce qu'il vous faut ? s'écrie-t-il, indigné. Jusqu'à l'explosion de la bombe à Hiroshima, il y avait un printemps, un été et ainsi de suite. Et c'est fini maintenant.

Je l'approuve mais je ne le convaincs guère de ma

sincérité. Tant pis. Après tout, comment pourrais-je connaître les effets des expériences atomiques puisque je ne les ai jamais étudiés sérieusement.

En revanche, je commence à connaître le style des bureaux de renseignements des hôpitaux. Je n'oserais pas avancer que le son de la voix des hommes et des femmes en blanc derrière les guichets est sec et dur ; ces voix sont omnipotentes. Omnipotentes parce que le nom que je prononce ne figure pas dans les gros livres, donc Mademoiselle Marguerite n'existe plus. « Au suivant », prononce la voix toute-puissante et je disparais du bureau, deviens invisible et peut-être introuvable comme la marchande de journaux.

Je fais la queue derrière deux femmes et un homme. Au guichet vitré se trouve une jeune femme brune, très pâle, les lèvres légèrement fardées.

J'essaye de capter son regard, mais ses petits yeux se promènent entre la femme aux cheveux bleutés, qui la questionne, et les papiers déposés devant elle.

Je fixe le dos rond de l'homme qui est devant moi et, comme à l'époque de mes examens, je marchande avec le destin. J'entends le mot fatidique : « Au suivant ». Non, ce n'est pas encore mon tour, c'est celui de l'homme au dos rond. J'ai lu quelque part que les disciples du yoga doivent se tenir droit comme s'ils voulaient toucher le ciel avec leurs têtes.

— Merci, Mademoiselle, vous êtes bien aimable, dit l'homme. Je n'ai pas l'habitude d'être si bien accueilli dans les hôpitaux. Pourtant, c'est la sixième fois depuis quatorze ans.

— C'est tout à fait naturel, Monsieur, répond la jeune femme, et elle me lance un sourire.

Je redresse la taille ainsi que prescrivent les yogis et me présente devant le guichet.

— Belzung Marguerite, s'il vous plaît.

— Martine, dit une autre jeune femme, vêtue d'une blouse blanche, à quelle heure prends-tu le service lundi ?

Elle porte le même nom que ma mère et cela me paraît un bon signe, un signe excellent.

Martine lève ses petits yeux sur moi :

— Vous m'excusez...

Elle se lève d'un bond et disparaît dans la pièce voisine.

— A six heures du matin, dit-elle en s'asseyant. Quel nom ?

Je répète avec empressement le nom en ajoutant l'âge et la profession. Elle ouvre un gros livre dont je connais déjà les frères et dit à mi-voix : — Belzung, Belzung... Ses ongles sont soignés, sans vernis, ses mains petites, fortes, celles d'une maîtresse femme qui fait obéir même le destin.

Elle tourne la page et ses doigts agiles parcourent une autre liste. Je lis les noms à l'envers, marqués d'écritures différentes. Lorsque son index arrive au dernier nom composé de dix lettres au moins, je dis rapidement, avant d'entendre le verdict :

— Me permettez-vous de vous demander un conseil ?

Son doigt ne quitte pas le registre. D'un mouvement brusque, elle repousse une mèche qui tombe sur son front étroit, le regard me soupèse. Il n'y a personne derrière moi, alors je m'enhardis.

— Eh bien, voilà, Mademoiselle. La femme que je cherche est une marchande de journaux que je connais depuis trois ans. Comme je vous l'ai indiqué, elle a quatre-vingt-trois ans et elle est seule dans la vie.

Pendant que j'explique les affres de la vieillesse et de la solitude pour l'attendrir, elle affiche un sourire que je considère comme équivoque. J'arrête de parler, mais elle me demande de continuer. Je résume le récit du chauffeur de taxi russe et j'ajoute :

— Le Commissariat de Saint-Denis refuse de m'indiquer le nom de l'hôpital où elle a été transportée.

Celle qui porte le nom de ma mère ne sourit plus ; elle m'observe. Elle me considère comme si j'étais une chose, un objet, pas même un chat ou un lapin. Puis, rassasiée du spectacle que je lui offre, elle dit d'un air ingénu :

— Cette marchande de journaux ne vous entretient-elle pas des Evangiles ?

J'ai le souffle coupé :

— Comment le savez-vous ?

— Quand on est au guichet du bureau de renseignements d'un hôpital, on apprend beaucoup de choses, dit-elle avec un sourire amusé. Seriez-vous surpris si je devinais votre nom aussi ?

— Oh, pas tellement, dis-je en dissimulant le mieux possible ma stupéfaction. J'ai un nom tout ce qu'il y a de plus commun.

Je fouille dans ma mémoire afin d'y retrouver les traces de la jeune femme. L'effort doit marquer mon visage car, en plissant ses yeux, elle dit :

— Ne cherchez pas, Monsieur Laurentin. Nous nous voyons pour la première fois.

Je réponds que j'en étais certain et la prie de me donner la clef de l'énigme.

Elle me regarde bien en face avec un fou rire dans les yeux.

— Monsieur Rosen sera ravi quand je lui raconterai notre rencontre. Il désirait tellement que je vous connaisse, vous et votre marchande de journaux.

Le joli visage très blanc devint soudain sérieux, presque sévère :

— Pourquoi ne vous ont-ils pas donné le nom de l'hôpital au commissariat ?

— Parce que je ne suis pas son parent.

Je sens une présence impatiente derrière moi et me retourne pour m'excuser. Ni la femme, d'une grossesse avancée, ni son compagnon ne répondent.

J'entends la voix de la guichetière :

— Gisèle, viens me remplacer, veux-tu ? Vous, Monsieur Laurentin, suivez le couloir à gauche et entrez par la porte sur laquelle il est écrit : interdit d'entrer.

Je murmure un pardon inutile à l'adresse du couple et suis l'injonction de l'amie étrange de Rosen. M'avait-il parlé d'elle ? Peut-être. Sa vie était un hall de gare : les voyageurs arrivaient de partout en quête d'argent, de solutions d'un problème familial, d'un abandon, d'une infidélité ou tout simplement d'un entretien.

Je frappe doucement à la porte indiquée ; elle s'ouvre instantanément.

— Entrez, entrez, dit-elle. Asseyez-vous, je vous prie.

Elle m'écoute debout, une main posée sur un

annuaire de téléphone rouge. Quand je termine mes explications, elle caresse son front comme une élève appliquée à qui on aurait posé une colle.

— Si Mademoiselle Marguerite avait perdu connaissance et si, par-dessus le marché, elle n'avait pas ses papiers d'identité sur elle...

Elle m'interrompt :

— Savez-vous jouer au poker ?

— Oui. Mais je ne vois pas...

Elle s'assoit derrière le bureau encombré de dossiers et ouvre l'annuaire.

— C'est, paraît-il, un jeu intéressant, dit-elle en consultant la liste des commissariats. Je ne le connais pas très bien, mais ce n'est pas une raison pour ne pas engager une partie.

— Vous êtes un peu énigmatique, Mademoiselle.

Elle forme rapidement un numéro sans faire attention à mon observation.

— Le commissariat de Saint-Denis ? Passez-moi le Commissaire, voulez-vous ? dit-elle sur un ton qui ne supporte aucune contradiction. — De la part de la direction de l'hôpital D. J'attends. Allô... Monsieur le Commissaire ? Vos agents ont transporté, hier vers onze heures, une vieille femme à l'Hôtel-Dieu. Un malaise, oui. Pardon ? Près du métro Saint-Denis. Eh bien, cette personne n'avait pas de papiers d'identité sur elle et elle a été enregistrée sous un faux nom. Je n'en sais rien, Monsieur. Je ne sais qu'une seule chose, c'est qu'un malade doit être hospitalisé sous son vrai nom et... Oui, vers onze heures. Non, je ne quitte pas.

Essoufflée, elle respire par la bouche et couvre d'une main l'écouteur.

— S'ils se sentent en défaut, ça marche toujours.

D'un geste distrait, elle ouvre et referme l'annuaire.

— Allô, oui. Comment dites-vous ? Bertrand ? Mais non, Monsieur, cette femme s'appelle Belzung et non pas Bertrand. Pardon ? Ah oui, il faut faire attention... Et vos agents l'ont conduite à l'Hôtel-Dieu, n'est-ce pas ? C'est cela. Ils sont bousculés, c'est entendu, Monsieur, mais nous aussi. Enfin... On va faire le nécessaire. Merci.

Elle garde l'écouteur un instant et, poussant un soupir, elle raccroche.

— Ouf ! Vous voyez, elle a été transportée à l'Hôtel-Dieu.

Je me lève et fais un pas vers elle.

— Comment vous remercier, Mademoiselle ?

— Ne vous fatiguez pas, Monsieur Laurentin. J'ai horreur des remerciements. — Elle consulte sa montre-bracelet. — Mon Dieu, il est quatre heures moins le quart. On ne vous laissera plus entrer dans la salle. Ecoutez, dit-elle après une courte réflexion, entre infirmières on s'arrange toujours. Je vais vous accompagner, si vous le voulez. Je finirai mon service dans quinze minutes. D'accord ? Bon. Alors, asseyez-vous dans le hall. — Elle range l'annuaire et ajoute : — Depuis le temps que Monsieur Rosen me parle de votre marchande de journaux...

Je me sens un peu intimidé et remarque avec l'originalité qui me caractérise que le hasard est un grand metteur en scène.

Elle me rit au nez :

— Le hasard n'existe pas, Monsieur Laurentin. Ou bien, comme dit l'autre, il nous ressemble. A tout de suite.

Cette jeune femme autoritaire, méthodique et secourable m'intrigue trop pour ne pas essayer d'éclaircir son mystère. Profitant de l'attente, je sors de l'hôpital et, dans le café-tabac voisin, je forme le numéro de Rosen.

C'est sa secrétaire qui me répond, affable, empressée jusqu'à l'humilité. Les excès de Louis la désespéraient et elle veillait sur lui avec la grâce inquiète et prévenante d'une mère.

— Non, il n'est pas dans son bureau, dit-elle d'une voix plaintive. Parlez-lui, Monsieur Laurentin, il distribue tout, ce n'est pas croyable. Les échéances arrivent et, si je ne cachais pas certaines rentrées, ce serait la faillite, je vous le jure.

Je connais cette rengaine et, sans beaucoup de conviction, je cherche à la rassurer. Et puis je lui demande si elle ne connaissait pas par hasard une infirmière nommée Martine, une amie de son patron dilapideur.

— Martine de l'hôpital D. ? s'écrie-t-elle. Je ne connais qu'elle. Au lieu de la marier, Monsieur Rosen lui a fait prononcer les trois vœux. Elle appartient à une communauté religieuse dont les membres restent dans le monde et continuent à exercer leurs professions.

Ses explications me paraissent sinon invraisemblables du moins fantaisistes. Je renifle l'odeur de la cabine téléphonique peinte à neuf et consulte ma montre.

Le reste de mon café-crème est tiède ; je l'avale quand même car ma gorge est sèche. La pluie avait cessé, mais elle continuait de tomber plus loin. Un arc-en-ciel barre l'horizon dans toute sa banalité somptueuse.

— Je suis confus de mon retard, dis-je en apercevant la jeune femme à la porte de l'hôpital.

— Pas de mondanité, Monsieur Laurentin, voulez-vous. A moins que vous ne désiriez pas que je vous accompagne. Tiens, un arc-en-ciel. Je n'en ai pas vu depuis des années.

Elle porte un tailleur de toile couleur cerise, un sac blanc en bandoulière et des sandales blanches. Ses lèvres minces, fraîchement fardées, font ressortir encore davantage la pâleur de sa peau. Je lui propose de prendre un taxi, mais elle le refuse.

— Le métro est plus rapide, dit-elle d'un air résolu.

— Vous possédez l'autorité d'une mère prieure, vraiment.

Elle me considère de biais ;

— Que voulez-vous dire ?

— Je veux dire que vous pourriez diriger un couvent avec la fermeté nécessaire à cet emploi.

Elle m'avait ébahi tout à l'heure, il était de bonne guerre de lui rendre la monnaie de sa pièce, fournie gracieusement par la secrétaire de Rosen.

Pour toute réponse, elle détourne la tête et contemple dans une vitrine des fauteuils bas, style outre-Atlantique.

— Comment avez-vous connu votre marchande de journaux ? dit-elle devant l'entrée du métro, en sortant un ticket de son sac.

— Laissez, je vous prie. J'ai l'entrée gratuite.

Je profite de son étonnement et tends deux tickets à la poinçonneuse qui bâille sans vergogne.

— Vous savez comment cela se passe. On achète son journal une fois, dix fois, on bavarde un peu... Enfin, c'est simple.

Elle croise ses jambes nues, fortes, bien épilées.

— Ce genre de rencontre n'est jamais fortuite, dit-elle, froide et objective. Les circonstances paraissent en effet insignifiantes ou accessoires et c'est plus tard qu'on réalise...

La phrase reste inachevée ; elle promène son regard noir entre le bout de ses sandales et mon front. La rame s'approche dans le tumulte de tonnerre qui se transformera, défiant la loi de la nature, en un éclair. Les murs de la station sont tapissés de filles brunes aux dos nus, serrant contre leurs poitrines des bébés joufflus, nus, eux aussi.

Dans le wagon à moitié vide, elle garde obstinément le silence. Est-elle fâchée que je me sois informé de son secret ? Je n'en sais rien. Mais elle a de la suite dans les idées.

Avant l'arrivée de la station Châtelet, elle fait un geste rond et onctueux qui jure avec ses yeux enfantins.

— Je voulais vous dire tout à l'heure qu'une rencontre banale cache parfois le surnaturel. Mais il faut être apte à le reconnaître.

— Oui, ma sœur, dis-je en la toisant. Monsieur Rosen est exactement du même avis.

Elle laisse passer deux gamins pressés et lève ses sourcils :

— Appelez-moi, Martine, voulez-vous ?

Une large face émaciée, plongée dans un lourd sommeil, l'odeur épaisse des médicaments, l'éclat sinistre du soleil entrant par les fenêtres hautes, voilà l'accueil de la Salle Sainte-Catherine. Les ténèbres ne sont rafraîchissantes que pour les poètes. Pour un pauvre type plein de force et d'une santé insolente, il ne reste que l'angoisse, la trouille funèbre.

Le regard bleu fait un large trou dans les ténèbres. Mademoiselle Marguerite me tend la main qui n'a que quatre doigts ; le soleil enveloppe cette main étonnamment propre, le front haut et lisse.

— Je savais que vous viendriez, dit-elle d'une voix un peu voilée.

Cette impérieuse confiance m'enveloppe et Maurice Laurentin, le froussard, disparaît, laissant la place à l'homme d'affaires intrépide et tout-puissant. Il faut soigner ce personnage, alors je pose la question :

— Pourquoi, Mademoiselle Marguerite ?

Je sens la chaleur de ses doigts.

— Parce que vous êtes fidèle, dit-elle simplement.

Le sang afflue à mes joues ; je me sens gris. Je m'assois sur la chaise que sa voisine de lit avance vers moi en murmurant quelques mots que je ne comprends pas.

— Vous êtes fidèle, Monsieur Maurice.

— Oh, Mademoiselle, vous êtes trop aimable. Mais ne me dites pas Monsieur.

Elle incline la tête ; sa paume sèche et chaude emprisonne ma main.

— C'est difficile.

— Essayez.

Le soleil quitte son front. Elle ferme les yeux et semble dormir. Je m'adresse à mi-voix à la voisine, une jeune femme à peau basanée, une gitane peut-être.

— Que disent les médecins ?

Assise au bord du lit dans un pyjama trop grand pour sa taille, elle fait la moue :

— Elle est vieille. — Et comme pour se rattraper, elle ajoute : — Mais elle est très gentille. Les infirmières l'appellent : Madame Douce.

Mademoiselle Marguerite ouvre les yeux.

— Madame Douce... Tout le monde m'appelle Madame Douce. Ils ne savent pas que j'ai dit des mots durs au cycliste de *la Croix,* à l'artiste, à l'unijambiste, à tout le monde.

Je donne mon absolution comme d'habitude et consulte la feuille de température, accrochée au pied du lit : 36,8, 36,9, il n'y a donc pas de problème de ce côté-là. Deux noms sont marqués sur le papier bariolé : Belmond *ou* Bertrand, avec un point d'interrogation. Age : 80 ans. La nature de la maladie n'est pas indiquée.

Les deux infirmières, maquillées avec art comme des hôtesses de l'air, dont Sœur Martine a obtenu l'autorisation de me laisser entrer dans la salle, étaient d'accord que les malaises de Mademoiselle Marguerite s'expliquaient par sa vieillesse. J'ai fait remarquer que le nombre des années n'était pas automatiquement une cause de maladie et que l'on a vu, en Auvergne par exemple, des hommes et des femmes vivre jusqu'à cent ans.

Elles souriaient de toutes leurs belles dents blanches. Sœur Martine prononça gravement une phrase qui se perdit dans les chants des cloches de Notre-Dame.

Toutes les trois avaient à peu près dix ans de moins que moi et cependant j'avais le sentiment singulier d'avoir l'âge de leurs pères. Sont-elles des religieuses, elles aussi, comme Martine ? Des religieuses affranchies des contraintes d'une Eglise, dominée par des hommes, ignorant, ainsi que moi, que la vieillesse est une maladie aussi bien d'une marchande de journaux que des institutions.

— Où avez-vous mal, Mademoiselle ?

— Aux reins, mais ça ne fait rien.

L'odeur tenace des médicaments ne me gêne plus et l'expression tendue, vague ou rêveuse des malades autour de nous, devient un décor comme le parasol, la petite voiture, les piles de journaux et la rue en mouvement.

Cinq heures moins le quart, annonce l'horloge de Notre-Dame. Cinq heures moins le quart cela fait quatre-vingt-trois ans, trois mois, cinq jours et dix-sept heures moins le quart pour Mademoiselle Marguerite. La poitrine de la marchande de journaux se soulève et s'abaisse sous le poids du temps qui la cloue au lit.

— L'unijambiste gagnera plus d'argent, dit-elle. Il est maintenant seul à vendre des journaux dans la rue.

— Il m'a promis de ne plus vous embêter.

— Je ne pourrai plus vendre des journaux, alors il ne m'embêtera plus.

— Qu'est-ce que vous racontez, Mademoiselle Marguerite ? dis-je d'un ton indigné. Vous savez bien que le savant vous a promis de vivre jusqu'à cent ans.

— Le savant, dit-elle d'un air radieux. Il est gentil. Je vais lui payer une bonne bouteille de bordeaux.

— Ce sera fait, Mademoiselle.

— Prenez de l'argent du tiroir. Offrez-lui deux bouteilles, il en aura ainsi une en réserve.

— Je vous fais l'avance et vous me rembourserez plus tard.

— Non, non. Vous dépensez trop pour moi. Ouvrez le tiroir.

Je l'ouvre. Il s'y trouve quelques pièces de monnaie et un billet froissé avec l'image de Victor Hugo. Je fais semblant de mettre de l'argent dans ma poche et referme le tiroir.

— Prenez encore des sous et achetez une belle cravate pour vous.

Je rouvre le tiroir et contemple un moment la figure barbue du poète. *Quand tout se fait petit, femmes vous restez grandes.* Pas toutes, M. Hugo, pas toutes. Mais celle-ci, qui est devant moi et à qui je joue ma petite comédie habituelle, elle l'est. Je ne possède, hélas, ni votre verve ni votre génie pour fabriquer des vers, des vers qui chanteraient de génération en génération la grandeur d'une marchande de journaux. Je n'oserais jamais alléguer comme vous que l'archange saint Michel est plutôt une femme qu'un homme, ni que le passé s'appelle haine et l'avenir amour. Mais, quitte à monter à l'échafaud, j'affirme que la lumière de ses yeux est plus chaude, plus ardente, plus éblouissante que celle du soleil qui se retire à présent de la salle. Chanterais-je faux par hasard ? Vous en êtes responsable, M. Hugo.

— Et bientôt nous dînerons ensemble, dis-je.

— Oui, mais c'est moi qui paye.

— Que me payerez-vous, Mademoiselle Marguerite ?

Elle regarde devant elle les sourcils froncés et cherche un plat qui me ferait plaisir.

— Un bon gigot avec des flageolets, dit-elle soudain. Et un ballon de beaujolais.

Je claque discrètement la langue :

— Votre gigot me donne faim, Mademoiselle. Mais pourquoi m'offrez-vous du beaujolais à moi et du bordeaux au savant ?

— Parce qu'il le préfère. Le savant est brave, mais il est un peu gourmand, dit-elle avec un sourire indulgent. Une bonne fourchette, ça oui. Il a mangé deux sortes de fromage.

— Je suis gourmand, moi aussi.

— Monsieur n'est pas gourmand.

— Maurice...

— Vous n'êtes pas gourmand, Maurice. Vous êtes comme la jeune fille de la Bible. Une soupe vous suffit.

— Et vous m'offrez du gigot !

— Jésus aimait, lui aussi, le gigot. Quand il déjeunait chez les douaniers, la femme de Matthieu lui a fait cuire une cuisse de mouton bien à point avec de l'ail. Alors, les pharisiens sont venus et ils disaient qu'il ne fallait pas manger de gigot. Parce que, eux, ils ne mangeaient pas, pour plaire à Dieu. Et Jésus n'était pas content. « Ce n'est pas parce que vous jeûnez que vous irez au Royaume des cieux, qu'il dit. Vous irez au Royaume si vous aimez mon Père, et si vous ne dites pas du mal de vos voisins. Ce n'est pas le gigot qui entre dans la bouche qui rend malhonnête, c'est la mauvaise parole qui sort de votre bouche qui contrarie mon Père. »

Elle montra ses mains, ses bras et toucha délicatement son visage.

— Une jeune fille m'a lavé les mains, la figure, les cheveux, tout. Forcément. Quand je suis tombée sur le trottoir mouillé, je me suis salie partout. Alors, la jeune fille m'a débarbouillée comme une enfant. Pourquoi je suis tombée ? Monsieur a parlé au savant ?

Ses larges yeux clairs, avec un point d'or aux prunelles, m'épient, appliqués et confiants.

— Vous étiez trop fatiguée, Mademoiselle Marguerite.

— Le balayeur m'a dit que je suis trop vieille et que je finirai par mourir dans la rue.

Je me compose un timbre grave et solennel :

— Reconnaissez, Mademoiselle, que le savant est tout de même plus compétent que le balayeur de rue. Eh bien, je l'ai consulté tout à l'heure, et il vous demande de vous reposer, de bien manger et de prendre les médicaments que les jeunes filles vous apportent.

Elle m'écoute, muette d'admiration et attend la suite de mes contes.

— Le savant vous prescrit...

Son regard s'allume comme si je lui présentais le vase d'émeraude qui avait servi au Christ pour la Cène ; or, je lui explique qu'elle devrait manger du gigot comme Jésus et des pommes de terre frites accompagnées de salade aillée.

— Je le voudrais bien, mais la jeune fille ne me donne que de la viande hachée avec des pommes purée. Et elle dit que je dois manger sans sel. Alors, ça n'a pas beaucoup de goût. Et je n'ai pas faim. Pourquoi je n'ai pas faim ?

. J'aperçois ses pantoufles grises, usées et déformées, sous le lit.

— Vous levez-vous un peu, Mademoiselle ?

— Les forces me manquent, c'est terrible. Je n'ose pas appeler quand j'ai besoin de... de boire.

— Voyons, Mademoiselle, c'est le travail des infirmières. Elles sont payées pour cela. Le savant ne sera pas content.

Elle lève sur moi un œil pâle :

— Il ne faut rien lui raconter. Il se fait déjà trop de soucis pour moi. — Elle s'anime : — Je ne veux déranger personne. Alors, la jeune fille arrive sans que j'appelle. Elle comprend les vieilles et les malades. Quand je sortirai de l'hôpital, je lui payerai une jolie robe.

Mademoiselle Marguerite ferme les yeux comme pour projeter sur ses paupières jaunes la forme et la couleur de la robe destinée à l'infirmière. J'entends l'horloge de Notre-Dame sonner cinq heures. Mes mains sont ouvertes ; le temps coule entre mes doigts, je pourrais le toucher si je voulais.

— Pourquoi ne me parlez-vous plus ? demanda-t-elle en ouvrant les yeux.

— J'ai cru que vous dormiez, Mademoiselle.

— Je dors beaucoup, oui. C'est la fatigue. Le

cycliste avait raison : je suis trop vieille pour travailler.

— Dormez, Mademoiselle. Le sommeil vous donnera des forces et vous recommencerez votre travail. Et n'écoutez pas le cycliste. Il n'est pas intéressant.

Mademoiselle Marguerite cherche une place pour sa tête.

— Ah, Monsieur...

— Maurice.

— Oui, oui. Le savant a dit que je vivrai jusqu'à cent ans. On a besoin de gagner sa vie même quand on est vieux.

Elle considère sa voisine qui est assise au bord de son lit et tourne la page du *Parisien Libéré*.

— Cent ans, poursuit-elle d'une voix feutrée. Je me suis endormie tous les soirs depuis, depuis... Enfin. Et je me suis réveillée tous les matins. Si je m'endors pour de bon, je me réveillerai quand même. Il n'y a pas de sommeil sans réveil, n'est-ce pas, Maurice ?

— Vous avez parfaitement raison, Mademoiselle Marguerite, dis-je sans beaucoup de conviction. Mais vous n'êtes pas malade, vous êtes fatiguée. Ce n'est pas la même chose.

Elle tire le drap jusqu'à ses épaules avec un vague sourire. Les femmes dorment autour de nous. D'autres lisent des revues illustrées ou regardent devant elles dans le vide. Personne ne fait attention à moi ; je suis seul avec Mademoiselle Marguerite, plus seul que sur une île déserte sur laquelle un naufrage nous aurait déposés.

Ces instants ne durent pas. Comment pourraient-ils durer ? Sœur Martine paraît, accompagnée d'une infirmière brune aux paupières bleuies.

— Comment va Madame Douce ? demande-t-elle avec une gentillesse quelque peu professionnelle.

Mademoiselle Marguerite répond vivement :

— Mon homme d'affaires est là. Alors, tout va bien.

L'infirmière et Sœur Martine me dévisagent d'un air intrigué que je connais bien.

— J'ai pensé que Monsieur était votre fils, dit l'infirmière dans l'intention évidente de lui faire plaisir.

Mademoiselle Marguerite reste bouche bée, puis elle proteste :

— Monsieur ne peut pas être mon fils parce que je ne suis pas mariée, n'est-ce pas Maurice ? Et je ne me marierai jamais, c'est trop tard. L'artiste a fait souvent des scandales à cause de ça. « Tu vas mourir pucelle », qu'il dit. Je n'ai point de mari, alors, je n'ai point d'enfant. Et puis, Monsieur Maurice ne peut être mon enfant, il est mon homme d'affaires. Moi, je suis restée jeune fille. Pourquoi c'est scandaleux, Maurice ?

Les deux infirmières l'écoutent interloquées et m'interrogent du regard.

Je me penche sur elle et dis tout bas :

— Ce n'est pas scandaleux, Mademoiselle Marguerite. L'artiste vous a taquinée un peu, les clowns racontent n'importe quoi, vous le savez bien. Mais il était gentil quand même avec vous. Il a fait votre ménage, il vous a réparé votre tablier, il a compté votre argent quand le boucher était absent.

— Oui, mais quand c'est Monsieur qui a compté mon argent, il y en avait toujours plus.

— Parce que ce jour-là vous aviez vendu davantage de journaux.

— Peut-être, dit-elle sans conviction en ouvrant ses mains que je n'avais jamais vues aussi propres. Si l'artiste a pris de mon argent, ça ne m'a pas rendue plus pauvre. J'ai eu froid, oui, et j'ai eu très chaud sous mon parasol, mais je n'avais jamais faim comme beaucoup de malheureux. Et je n'ai jamais été malade comme toutes ces jeunes femmes ici.

Sœur Martine fait un pas vers elle :

— Jésus était toujours bon pour vous, n'est-ce pas, Mademoiselle ? dit-elle d'un air qui me semble légèrement condescendant.

Mademoiselle Marguerite doit éprouver le même sentiment, car elle répond vivement :

— Bien sûr qu'il était bon. Il est toujours bon, sans ça, il ne serait pas le fils de Dieu. Ce qui est important, c'est que je ne sois pas mauvaise, moi. Et ce n'est pas toujours commode.

L'infirmière replie le bord du drap sous le matelas et se redresse dans l'éclat impudent de sa jeunesse.

— Vous n'avez pas besoin de faire pipi, Madame Douce, dit-elle presque tendrement.

— Non, non, proteste-t-elle. — Des taches roses paraissent sur ses joues. — Mon homme d'affaires est là.

Je touche son visage chaud :

— Je dois partir, maintenant, Mademoiselle Marguerite. On se verra demain. Je parlerai ce soir au savant et il me dira ce qu'il faut faire. D'ailleurs, il a déjà indiqué à votre gentille infirmière les médicaments que vous devez prendre.

L'infirmière m'écoute avec une politesse froide ; elle refuse d'être complice.

Sœur Martine me touche l'épaule :

— Il faudra faire rectifier son nom.

— Quel nom ?

— Mais...

— Ah, oui. Bien sûr.

Je me sens lourd et moite, j'ai envie de fumer.

— Avez-vous une carte d'identité, Mademoiselle Marguerite ? Une carte d'identité ou une carte professionnelle ?

Elle est usée, affaiblie ; je regrette de l'avoir fatiguée avec la conversation.

— J'ai besoin de votre carte, Mademoiselle. Votre nom est mal enregistré au bureau de l'hôpital.

Elle plisse les yeux et réfléchit :

— J'ai mes papiers dans le buffet. Il y a cinquante mille francs dans une boîte ronde. Prenez l'argent et prenez le buffet aussi. Il est en acajou.

L'infirmière ouvre le tiroir de la table de nuit et me tend un trousseau de clés. Sereine, rompue aux interrogations des parents des malades, elle prononce entre les dents :

— Elle ne souffrira pas. Elle s'éteindra probablement dans son sommeil. — Elle me lance un regard clinique : — Mais son heure n'est pas encore venue.

Je mets la clef dans la serrure, mais j'hésite à la tourner, comme si j'attendais que quelqu'un me l'ouvre de l'intérieur. J'entends le clapotis d'un robinet, l'aboiement plaintif d'un chien enfermé et une voix de baryton sortant d'un poste de T.S.F. mal réglé annonce : « Les attentats à Saigon ont fait vingt-trois victimes. » A travers un carreau cassé d'une fenêtre de l'escalier un rai de soleil glisse blanc et frémissant.

Ce fut une boîte de biscuit noire, décorée d'une tête d'oiseau, qui attira mon regard. Je l'ouvris, supposant un instant que c'était celle que m'avait indiquée Mademoiselle Marguerite. Il s'y trouvait quatre ou cinq gâteaux secs, en forme d'étoile.

J'avançai prudemment vers le buffet ; le plancher,

bosselé et troué par endroits, cachait peut-être des souris ou des rats. Avant d'ouvrir des tiroirs, je me suis assis sur le seul siège de la pièce : une chaise paillée.

Je fus comme fasciné par la pauvreté ordonnée et la solitude indicible de la chambre. Point n'était besoin de distinguer les détails. C'était, non pas la misère : le dépouillement. Je ressentais la même sensation obscure et épaisse que devant certaines toiles de Van Gogh avec cette différence toutefois, que je n'étais pas le spectateur des images fictives de l'indigence, j'étais *dedans*.

La pièce donnait sur la rue ; j'ouvris la fenêtre pour laisser entrer les bruits. Au balcon minuscule de la maison d'en face, un jeune Noir, le torse nu, suspendait une chemise rose sur un cintre et, dès qu'il me vit, il se retira précipitamment. Les rideaux jaunis portaient l'empreinte des neuf doigts de la marchande de journaux.

Je me retournai et aperçus un violon accroché au mur blanchi à la chaux. Etait-ce un souvenir de son père ou Mademoiselle Marguerite me cachait-elle, qu'après nos dîners, elle faisait de la musique ? Et pourquoi pas ? Elle n'était pas obligée de me livrer tous les secrets de sa vie. J'en savais déjà l'essentiel.

Je me suis plu à l'imaginer jouant le *Clair de*

Lune ou une *Fantaisie* de Schumann. Cette idée, que je voulais attendrissante, atténuait la solitude de la chambre. Tout ce qu'il y avait de délicatesse, de générosité, de spontanéité et d'humour dans l'âme et le cœur de la marchande de journaux, était suspendu au mur sous la forme d'un violon qu'elle n'avait peut-être jamais touché.

A droite et à gauche de l'instrument de musique se trouvaient deux photographies romantiques, brunies par le temps, représentant un homme barbu et moustachu en uniforme de fantassin et une femme joufflue, nattée à l'alsacienne et vêtue d'une robe blanche à col empesé. Etaient-ce ses parents ? Au milieu du buffet était posé un crucifix en bois, orné d'une rose rouge en papier et, placée contre une bouteille de liqueur vide, une Vierge de Lourdes enlaçant amoureusement son fils.

La lumière orangée du soleil couchant pénétrait dans le tiroir lorsque je l'ouvris enfin. Pourquoi cette hésitation ? Avais-je peur de découvrir quelques autres secrets de Mademoiselle Marguerite ? Le dos courbé, les oreilles aux aguets, le cœur battant sous une couche de sueur, je fouillai parmi les chiffons, les linges de flanelle, les tricots, les bas épais, et j'en sortis la boîte à trésor.

Mon pressentiment, qui n'était qu'un prolongement logique de mon raisonnement, ne me trompa pas ; il n'y avait que quelques pièces de monnaie, retirées d'ailleurs depuis longtemps de la circulation.

La marchande de journaux ne m'avait jamais parlé des péchés mortels et véniels, cauchemars de mon adolescence et de celle de Marie-Odette, mais j'ai cru deviner que le péché, pour Mademoiselle Marguerite, consistait à mettre de l'argent de côté quand les autres en manquaient. Et cependant, parfois, eût-elle pensé à faire des économies pour ses vieux jours ? Sur son lit d'hôpital, elle me fit le don de ses épargnes imaginaires.

J'essuyai mon front et ouvris l'autre tiroir. Au-dessous des journaux, des notes de gaz et d'électricité, des images pieuses, rangées pêle-mêle, je découvris sa carte d'identité et sa carte du syndicat.

Sur la photographie, Mademoiselle Marguerite avait des cheveux noirs, un visage ovale, un sourire mystérieux comme celui de Mona Lisa Gioconda, d'une beauté délicate qui s'ignore. Elle ressemblait à peine à cette jeune femme, en pleine force, seule l'expression des larges yeux était la même. Son regard était transparent d'innocence, d'une innocence intolérable qui me fit souvent baisser les yeux au comptoir du café-restaurant.

Serait-ce possible que ses aventures si simples et si fabuleuses se terminent cette nuit ou demain dans le souffle de ces jours d'été, à deux pas de Notre-

Dame ? Nos regards se croisèrent, muets et incompréhensibles, comme le violon sur le mur. Sa mort sera le dernier cadeau qu'elle aura fait dans son existence fastueuse : je redeviendrai le mari qui dîne avec sa propre femme et non pas avec une aventurière. Je doutais que Marie-Odette lui en fût reconnaissante ; il n'y avait d'ailleurs pas de quoi. Quant à moi, je serais livré à l'amour et aux amitiés qui me semblaient bien hasardeux et médiocres vus de cette chambre.

Je mis dans ma poche la carte d'identité, coupant ainsi le courant de nos regards.

Le soleil tomba sur moi ainsi que du plomb fondu, mais j'hésitai à enlever ma veste. Je voulais glisser à sa place la carte de la C.G.T., à l'intérieur de laquelle avaient été collés des timbres rouges. Mademoiselle Marguerite était en règle avec le syndicat communiste, comme avec le reste. La secrétaire de ce syndicat, Mme Hélène, n'était-elle pas d'un abord gracieux avec elle et n'avait-elle pas une préférence déclarée pour le jambon de Bayonne ? Je lui en apporterai quelques tranches de la part de son adhérente.

J'allai vers la table de nuit et pris la Bible, plus vieille et plus usée que sa propriétaire, cette Bible qu'elle expliquait et interprétait à sa manière. L'Evangile de saint Luc, lus-je en l'ouvrant. Oui, oui, mais il existait un Evangile selon Mademoiselle Marguerite, qui en eût soupçonné le signe ? Et qui aurait la témérité de le communiquer au monde assourdi par les transistors, les automobiles et les avions à réaction ?

Je tournai les pages en rêvant l'Evangile selon Marguerite ? Si j'avais la hardiesse de mettre sur papier ces mots, vivante ou morte, elle arrêterait ma main. Son Evangile à elle annonçait la bonne nouvelle ; la vie n'était pas quotidienne. Mais cette bonne nouvelle était un secret : il ne fallait la communiquer à personne.

Près de la Bible se trouvait une autre boîte noire ; je l'ouvris par acquit de conscience et tombai sur un paquet de lettres jaunies, comme les photographies sur le buffet. L'odeur poussiéreuse du vieux papier me chatouilla les narines et éveilla ma curiosité.

La première lettre était datée d'Epinay du 24 janvier 1912. Je lus : *Ma chère fille bien-aimée.*

L'écriture était belle, nette, presque calligraphiée, celle d'un homme d'ordre. J'aurais juré que l'auteur de la lettre était le père de Mademoiselle Marguerite mais, après avoir lu les deux premières phrases, je tournai le papier raide et découvris la signature.

J'espère que ces quelques lignes vous trouveront

en bonne santé et dans la paix de Notre-Seigneur. J'ai dit ce matin la messe pour vous, j'ai prié et médité avant de répondre à votre lettre en mon âme et conscience.

Je serai bref et catégorique, quitte à scandaliser ceux ou celles qui vous connaissent mal et qui font preuve d'irréflexion, sinon de légèreté à votre égard.

Voici ma réponse, faites-en ce que vous voulez : je vous déconseille formellement et sans aucune hésitation de prendre le voile. On vous conseille de porter la croix de Notre-Seigneur dans un Carmel. Eh bien, non, ma fille, vous devez le servir dans le monde, c'est plus difficile et plus nécessaire pour vous et pour les hommes et les femmes que vous rencontrerez sur votre chemin.

Vous me dites vous-même ne pas savoir si vous êtes Marthe ou Marie. Quelle importance, ma fille ? L'important c'est de savoir et d'accepter que vous n'êtes pas appelée pour faire de la broderie et prier dans le silence d'un couvent, mais pour témoigner, devant les mécréants et devant les chrétiens, oui, devant les chrétiens, que Notre-Seigneur n'est ni le fruit de l'imagination des théologiens ni le prisonnier des bigots.

Répondez-moi vite, je vous prie. Si vous n'avez pas compris quelque chose dans cette lettre, dites-le franchement. Vous savez bien que depuis plus de cinq ans, je vous considère comme ma fille, une fille favorisée de tous les dons de Notre-Seigneur. Vous êtes la seule réussite imméritée de ce vieux prêtre simplet et bien médiocre que je suis.

Je vous bénis, ma chère fille...

On frappait brutalement à la porte et j'entendis une voix caverneuse :

— Tu es là, Marguerite ?

Abbé Lecomte.

P.S. Répondez-moi le plus rapidement possible.

Je remis la lettre à sa place et allai ouvrir la porte.

L'homme chauve, bedonnant, tel que Marguerite me l'avait décrit, était devant moi, avec une bouteille de lait sous son bras tatoué.

— Vous êtes l'artiste, n'est-ce pas ?

Il resta immobile et m'observa, les yeux plissés, en essuyant son crâne du revers de sa main libre.

— Et vous, vous êtes l'homme d'affaires. Pas vrai ?

— Exactement.

Il entra enfin, me tendit une main molle et s'assit sur le lit étonnamment large où il y avait de la place pour trois personnes. La bouteille de lait prit le voisinage de la Bible.

— Vous buvez du lait ? demandai-je.

— Moi ? Rien n'est plus mauvais pour le foie.

C'est pour ma voisine, une vieille comme Marguerite. Mais dites donc...

Il s'interrompit et sortit de sa poche un paquet de gauloises.

— Si vous êtes là, c'est qu'il y a quelque chose qui ne va pas avec Marguerite. — Il croisa ses pieds nus. — Le malheur, voilà ce qui l'attendait. Mais quel malheur ?

— Mademoiselle Marguerite se trouve à l'Hôtel-Dieu.

— Si elle est à l'Hôtel-Dieu, c'est fini, dit-il comme un juge qui énonce sur un ton sec le verdict.

— Qu'en savez-vous ? Les hôpitaux sont faits pour guérir les malades.

— Ouais, ouais, grommela-t-il en mettant une cigarette entre ses lèvres épaisses. Passer plus de quarante ans dans le froid et dans le chaud, sans autre abri qu'un parasol, ça use une bonne femme. Tenez, je suis costaud, moi, mais je respire mal quand le soleil tape fort aux Halles. Et les foires, c'était la même chose. Marguerite vous a dit que j'étais clown avant d'être marchand de légumes ?

— Elle m'a dit que vous étiez un grand artiste.

Il chassa la fumée devant son visage marqué par deux rides horizontales.

— J'ai fait rire des gens, allez, dit-il gravement. Par milliers. Oui, Monsieur. Sans flatterie, j'aurais pu être un aussi grand artiste que Monsieur Grock. Mais il avait l'instruction, lui, et moi, enfant de la balle, je n'avais même pas mon certificat d'études. Monsieur Grock avait de l'instruction, alors il a toujours trouvé des nouveaux trucs pour faire rire le public dans n'importe quel pays. Parce que pour faire rire il faut que vous soyez plus malin que les gens qui viennent au cirque. Débiter des bêtises, c'est facile, mais que faites-vous quand personne ne rit, hein ? Vous êtes un homme d'affaires, vous savez que c'est pas toujours facile de posséder les clients. Allez, pour un clown, c'est encore plus difficile.

Le soleil quitta la chambre et la lumière blafarde de la journée finissante enveloppa l'artiste amer, la bouteille de lait, la Bible, la boîte noire où se cachait peut-être encore quelque secret de la marchande de journaux.

Pour faire changer ses idées moroses, je lui demandai :

— Avez-vous fait rire Mademoiselle Marguerite ?

Il gratta son nez violacé :

— Elle est bonne, celle-là. Faire rire Marguerite ? Vous vous moquez de moi, ma parole. Tous les clowns du monde ensemble n'auraient pu faire rire cette fille. Pas même Monsieur Grock.

— Pourquoi ?

D'un mouvement dédaigneux, il écrasa son mégot sur le plancher comme pour mieux souligner l'ineptie de ma question.

— Pourquoi ? Parce que Marguerite est une mauvaise cliente. Attention. Je ne dis pas qu'elle est mauvaise fille, je dis qu'elle est mauvaise cliente pour un clown. Tenez, en 1947, j'ai travaillé dans un cirque à Cherbourg. J'ai fait rire le public partout, à Cherbourg il n'y avait rien à faire. Avec des gens tristes, vous pouvez inventer n'importe quoi, ils sont devant vous comme des veaux. C'est comme avec les légumes. Vous avez de la marchandise extra et les bonnes femmes tripotent vos salades ou vos tomates et elles vous baratinent avec une gueule de croque-mitaine.

Il entrebâilla la porte et fouilla du regard les ombres du couloir.

— Dites donc, prononça-t-il à voix basse. Si Marguerite meurt, qui aura la chambre ? Parce que, ne vous faites pas d'illusion, cette Autrichienne de malheur mettra la main dessus. Ça vaut de l'or une chambre dans la rue Saint-Denis. Vous y avez pensé ?

Dans l'odeur de la soupe aux choux qui avait envahi la chambre, j'allai vers la fenêtre et la fermai.

— C'est que j'ai des économies et je pourrais...

— Mademoiselle Marguerite est pour le moment

à l'hôpital, mais elle peut sortir demain, ou après-demain ou la semaine prochaine. C'est clair, n'est-ce pas ?

Il prit la bouteille de lait d'un air dépité :

— Ne vous fâchez pas. On cause d'affaires, quoi. Tout ce que je vous demande, c'est de ne pas m'oublier. — Il cligna de l'œil. — Je vous réserverai une bonne petite commission, hein ?

En descendant l'escalier, je me frappai le front. J'ai oublié de lui poser une question qui m'avait paru, à cet instant-là, d'une importance singulière : avait-il entendu Mademoiselle Marguerite jouer du violon ?

Mademoiselle Marguerite ne se souvenait plus de la mission qu'elle m'avait confiée. Elle fit peser sur moi un regard lourd ; la peur y avait pris la place de l'innocence. Elle semblait deviner que le repos prolongé dans un lit d'hôpital présageait un danger. Ses yeux étaient irisés dans l'éclat blanc de la salle.

— La chatte ? dit-elle brusquement. Où est la chatte ?

— Quelle chatte, Mademoiselle ?

Elle me dévisagea d'un air consterné. Comment ? Etait-ce possible que l'homme d'affaires omniscient ignorât de quelle chatte elle parlait ?

Non, bien sûr. Seulement, que voulez-vous, la réaction prompte lui fait parfois défaut.

Qu'aurais-je pu faire pour guérir de la vieillesse

Mademoiselle Marguerite ? Il ne me restait que le pouvoir de ressusciter une chatte, tuée par la concierge autrichienne.

— Mitsou est chez moi, dis-je d'un ton ferme.

— Ah, c'est bien, soupira-t-elle. Elle est gentille, mais tellement gourmande. Je ne voudrais pas qu'elle vous donne du mal.

— Mitsou mange de tout, Mademoiselle Marguerite, sauf les souris. Parce qu'il n'y en a pas dans mon appartement.

Elle eut un sourire attendri :

— Si vous mangez du civet, elle mangera avec vous. Elle aime aussi les harengs fumés, le bœuf en daube et même la paella. C'est l'artiste qui lui a fait goûter de tout ça. « Les bêtes sont plus intéressantes que les hommes », qu'il dit. Alors, j'ai répondu qu'il y avait des loups en hiver dans mon village qui mangeaient les poules et qu'il y avait des lions et des tigres dans les bois en Afrique, où mon père était adjudant, qui mangeaient les hommes. Ces bêtes ne sont intéressantes que dans une cage au zoo, n'est-ce pas, Monsieur ? Alors l'artiste a dit qu'il voudrait avoir un lion pour qu'il morde le marchand de chapeaux du cinquième étage.

Elle toussa en mettant la main qui n'avait que quatre doigts devant sa bouche.

— Mitsou est gourmande, mais elle est douce,

dit-elle en baissant ses paupières un peu enflées. — Le matin, elle se met à la fenêtre et fait sa toilette au soleil. Je disais mon chapelet et regardais son ombre. Une ombre qui était plus grande qu'elle. Monsieur croit que le Bon Dieu a aussi une ombre comme les hommes et les chats ?

— Maurice...

— Oui, Maurice.

Je reculai ma chaise et cherchai la réponse appropriée.

— Si le Bon Dieu a un corps, et pour quelle raison n'en aurait-il pas ? eh bien, quand il fait beau, il doit avoir une ombre comme vous, Mitsou et moi.

Une infirmière passa avec des bouteilles d'eau minérale sous les bras. Mademoiselle Marguerite la suivit des yeux d'un air pensif.

— Monsieur le Curé de Notre-Dame-des-Victoires a dit que le corps est l'église du Saint-Esprit. Je n'ai rien répondu parce que j'avais mal aux reins comme maintenant. Si je suis une église, pourquoi j'ai mal aux reins ?

— C'est une image, Mademoiselle Marguerite.

Elle acquiesça d'un signe de tête, mais le cœur n'y était pas.

— J'ai beaucoup d'images dans mon missel, dit-elle, songeuse. Il y a saint Michel, sainte Elisabeth, le saint curé d'Ars et sainte Marguerite, à qui on a coupé la tête le 20 juillet parce qu'elle était vierge et martyre. C'est triste quand même. Et j'ai la petite sainte Thérèse avec son père regardant les étoiles. Elle est belle cette image. Et il est écrit dessous qu'il est doux d'appeler le Bon Dieu notre Père. Mais, quand son père était malade, pourquoi les bonnes sœurs ne l'ont pas laissée aller le soigner ?

L'odeur de l'éther flottait dans la lumière blonde de l'après-midi. Les manches retroussées, une infirmière s'affairait près d'un lit caché par un paravent et, à la fenêtre, un homme aux cheveux gris essuyait avec un gant de toilette le front d'une jeune fille rousse, immobile.

Mademoiselle Marguerite fit une petite grimace, comme toujours quand elle était embarrassée :

— Si Monsieur était moine... Elle se corrigea : Si vous étiez moine, Maurice, vous viendriez me voir à l'hôpital, n'est-ce pas ?

— Bien sûr, Mademoiselle. Mais il n'y a pas de danger.

— Quel danger ? dit-elle en levant la tête d'un air inquiet.

— Que je sois moine.

Elle tira le drap jusqu'à son menton.

— Parce que, si j'avais été carmélite dans un couvent, je serais allée soigner mon père. Et vous aussi.

Pour sûr. Une nonne doit être cent fois meilleure que la caissière du bistrot et la vendeuse de billets de la Loterie Nationale qui emprunte tous les jours *France-Soir* et me le rend tout chiffonné.

Je pensai soudain à la lettre de l'abbé. Oserais-je révéler à Mademoiselle Marguerite mon indiscrétion ?

Elle ouvrit ses mains blanches que l'encre des journaux ne salissait plus :

— Pauvre sainte Thérèse, elle a beaucoup souffert à cause des carmélites. Pourquoi les bonnes sœurs n'étaient pas gentilles avec elle ?

Sans attendre ma réplique, qui eût été pertinente, comme d'habitude, Mademoiselle Marguerite répondit à elle-même :

— Elles n'étaient pas gentilles parce qu'elles ne savaient pas que Thérèse était une sainte, n'est-ce pas, Monsieur ?

— Maurice...

J'approchai ma chaise du lit et, malgré ma décision, j'insinuai : — Vous auriez pu être une carmélite, vous aussi, Mademoiselle Marguerite.

Je l'épiais en retenant ma respiration. Qu'attendais-je de la marchande de journaux ? L'exégèse de l'histoire de sa vie ? La révélation du secret de sa foi, de son innocence, de sa prodigalité ?

Elle ouvrit plus grand ses yeux sereins et m'offrit son regard transparent :

— Oui, j'étais fort pieuse, mais je n'aurais jamais pu devenir une sainte. Alors, ce n'était pas la peine d'entrer dans un couvent.

— Et la petite Thérèse, Mademoiselle ? Quand elle est entrée au Carmel, elle ne savait pas qu'elle deviendrait une sainte.

Elle se caressait les joues creuses du bout de ses doigts propres et dit simplement :

— Elle a tout offert, la petite sainte Thérèse et parce qu'elle n'était pas regardante, Jésus lui a tout donné.

Mademoiselle Marguerite ferma les yeux. Elle se retirait dans un monde qui était son domaine privé, où personne ne pouvait la suivre, pas même son homme d'affaires indiscret et insatiable. Elle agita un bras, sa respiration devint bruyante, un masque se forma sur son visage. Seules ses lèvres roses avaient conservé quelque fraîcheur.

Les cloches de Notre-Dame se mirent à résonner entre les murs. Les sons graves arrivaient en vagues successives et firent gémir les malades. Le sonneur de la cathédrale n'était certainement plus un bossu, un pape des fous, un autre Quasimodo et, cependant, sa musique était haletante, passionnée, comme avait dû l'être celle de l'amoureux désespéré d'Esméralda.

Mademoiselle Marguerite se réveilla et tourna ses yeux vers les roses rouges, logées dans un pot de confiture, sur la table de nuit.

— Elles sont belles, dit-elle avec un émerveillement enfantin. Mais vous dépensez trop pour moi. Quand je sortirai de l'hôpital, je vous payerai une belle chemise blanche avec des boutons de manchette en or. Oui.

Mademoiselle Marguerite me tendit une main que j'enfermai dans les miennes.

— Avez-vous mal, Mademoiselle ?

— J'ai mal, oui, dit-elle d'une voix faible. Ça ne fait rien. Jésus a beaucoup plus souffert que moi.

Je la considérai avec une attention nouvelle : elle n'était plus à l'abri de tout soupçon. Il ne me fallut pas un long examen pour vérifier aisément qu'à sa place, je ne m'intéresserais point aux souffrances d'un homme mort il y a deux mille ans, les miennes me suffiraient. Rien n'était plus invraisemblable et inacceptable dans cet après-midi plein d'ombres que la foi de la marchande de journaux.

— Jésus était beaucoup plus jeune que moi quand on l'avait mis en prison. Et personne ne lui donnait à manger ni rien. Mais il ne disait pas qu'il avait faim et qu'il était fatigué. C'était toujours comme ça. Quand Jésus avait mal quelque part, il ne se plaignait à personne, même pas à sa mère. Et puis il lui fallait monter une grande montagne dans la chaleur terrible. Alors un paysan est venu, bon et fort. « Monsieur, qu'il dit à Jésus, laissez-moi porter votre croix, ça vous reposera un peu. » Les soldats ne disaient rien à Monsieur Simon de Cyrène parce qu'ils avaient honte de tuer un innocent. « Vous êtes brave », dit Jésus et il a marché avec moins de peine.

Elle poussa un soupir, me sourit :

— J'ai un peu mal au dos, mais ce n'est rien. Vous m'avez apporté des roses et vous me surveillez. Vous êtes encore plus brave que Monsieur Simon de Cyrène.

Je suivais ses paroles, les expressions de son visage avec une attention particulière. Etait-il possible que la marchande de journaux ne fût qu'un enfant excentrique et mystificateur de mon imagination. D'ailleurs Marie-Odette, évoquant hier soir Charles de Foucauld, Simone Weil et Teilhard de Chardin, me suggéra timidement cette version. Il était évident que Mademoiselle Marguerite ne ressemblait ni au trappiste devenu ermite, ni à la Juive mystique, agrégée de philosophie, ni au jésuite poète et paléontologue. Qu'avait-elle donc cette femme, introuvable dans les livres, et encore moins dans l'existence de tous les jours ?

De gros pigeons, suivis de moineaux, pénétraient

dans la salle par les fenêtres grandes ouvertes et se mirent à picorer sous les lits. Ce fut l'égaillement général. Les malades, qui semblaient les connaître, leur lançaient des miettes de pain et de gâteaux, oubliaient un instant l'ennui, la peur et la souffrance. Mademoiselle Marguerite eut un sourire amusé.

— Ils ont bon appétit, dit-elle d'une voix presque normale. Les pigeons mangent même quand ils n'ont pas faim.

Elle s'anima de plus en plus :

— Monsieur sait que les disciples n'ont pas reconnu Jésus quand il est ressuscité ?

Je fis non de la tête.

— Alors Jésus était au bord de la mer et les disciples ne savaient pas que c'était lui. Il était triste quand même et il avait faim. — Elle hocha la tête : — Pensez, il était resté dans la tombe pendant trois jours. Mais Jésus n'était pas rancunier. « Eh, les garçons, avez-vous quelque chose à manger ? » qu'il dit. Alors, ils l'ont tous reconnu, ils l'embrassaient et tout. Et Pierre disait qu'il aimait Jésus, mais qu'il ne l'avait pas reconnu parce que, après la mort, on n'est pas pareil qu'avant. « Apportez-moi de ces sardines que vous avez dans la barque, qu'il dit. Je vais les cuire moi-même parce que vous n'êtes pas courageux et pas très bons cuisiniers. » Les disciples ont vite préparé le feu et Jésus a fait cuire les poissons. Quand ils étaient croustillants, il les a bien salés et poivrés. « Il faut utiliser beaucoup de sel, qu'il dit, sans cela on devient anémique dans l'âme. »

Mademoiselle Marguerite resta muette un instant ; elle était visiblement intriguée.

— Comment on devient anémique dans l'âme ?

Un pigeon particulièrement audacieux toucha avec son bec mes chaussures de daim et, faisant des courbettes, il s'en alla, dégoûté. Je mesurai, une fois de plus, l'abîme de mon ignorance du savoir qui se nomme théologie.

Je lançai au hasard :

— L'anémie de l'âme veut dire que l'on n'a pas la foi, comme par exemple la vôtre.

Mademoiselle Marguerite fit une moue incrédule :

— Ma foi ? Monsieur le Curé de Notre-Dame-des-Victoires a dit que j'ai péché par gourmandise parce que j'ai mangé du jambon le vendredi. Il a parlé très fort dans le confessionnal. « Vous devriez avoir honte de votre péché », qu'il dit. J'ai répondu que je n'avais rien à la maison que du jambon et que, à cause de mes jambes qui me font mal, je ne pouvais descendre et monter beaucoup de marches. Alors Monsieur le Curé a dit que saint Jean-Baptiste n'avait mangé que des sauterelles et du miel sauvage. Ça m'a fait un tout petit peu sourire, mais je n'osais pas répondre que l'épicier de la rue Saint-Denis n'avait pas ces marchandises. Pourquoi on est sans péché quand on mange le vendredi des sauterelles et du miel sauvage ? Jésus a toujours bien mangé et bien bu, n'est-ce pas ?

— Il doit être vieux jeu, votre curé.

— Il a des cheveux blancs, mais il n'est pas tellement vieux.

Elle me jeta un regard inquiet en tâtant son oreiller :

— Mon chapelet... Je ne trouve pas mon chapelet.

Je plongeai une main sous son oreiller et fouillai dans la tiédeur. Respirant fort, Mademoiselle Marguerite se leva à moitié. Je lui fis signe et avec un geste de prestidigitateur, je lui présentai les grains noirs.

— Vous êtes gentil, dit-elle. Alors, Monsieur le Curé a dit qu'en pénitence, je dois réciter deux dizaines de chapelet.

Elle posa sur moi son regard limpide :

— Pourquoi c'est une pénitence de réciter son chapelet ? C'est bon de prier, n'est-ce pas, Monsieur ?

L'homme d'affaires resta muet. L'ingénieur eût déclaré qu'il n'appartenait pas à la catégorie d'hommes éprouvant le besoin impérieux d'une autorité surnaturelle à admirer et à adorer. A partir des premières années de ses études universitaires, il acquit la conviction que le conquête du bonheur humain passait par la science et que ce bonheur devait être le gain final des recherches, ici et maintenant, et non pas dans un au-delà problématique. Et, enfin, il croyait suffisamment connaître son prochain, qu'il aurait dû aimer, suivant son éducation, comme lui-même, pour ne pas être persuadé que la pratique de la religion favorisait toutes sortes de duplicités et de servilités intellectuelles.

Tout cela était simple, logique et, en somme, assez banal. Est-il bon de prier ? Cette question constitue-t-elle une équation pour vous, M. Laurentin ? Vous qui en avez résolu tant, quelles sont les inconnues dans votre opération ?

— Maurice, Maurice, dit Mademoiselle Marguerite, haletant comme si elle étouffait.

Le masque couleur de plomb faisait de nouveau son apparition sur le visage exsangue. Je me levai pour consulter l'infirmière.

La jeune femme aux cils bleus m'écouta d'un air impassible.

— Je peux lui donner un calmant, dit-elle poliment.

— Le médecin ne lui avait pas prescrit un traitement ?

— Son organisme est trop usé. Elle aurait dû être hospitalisée plus tôt.

— Plus tôt, plus tôt, dis-je avec impatience. Un hôpital est fait pour guérir les malades.

L'infirmière haussa ses larges épaules :

— Allez voir le médecin de garde, Monsieur. Il vous renseignera beaucoup mieux que moi.

Dans l'air épais et les murmures confus de la salle, je repris le chemin vers le lit de Mademoiselle Marguerite. Le courage me manquait pour affronter l'objectivité glaciale et, éventuellement, le verdict. Je m'acharnais à croire qu'un appel fût possible.

Je la retrouvai endormie. Elle tournait lentement la tête à gauche et à droite. Les cauchemars semblaient la secouer. Quels cauchemars ? Comment aurais-je pu deviner ce qui se passait derrière les paupières fermées. J'avais envie de la réveiller afin de me débarrasser de ma solitude insupportable remplie de nouvelles équations.

Ce fut une autre voix qui carillonnait à la porte d'entrée de mes oreilles. Elle venait du lit voisin, pressante, impérative. Les yeux couleur de noisette vacillaient dans la face basanée et pointue. Elle était gitane, sans aucun doute.

— Appelez l'aumônier, appelez l'aumônier, répéta-t-elle en agitant ses mains enflées.

— Pourquoi ? demandais-je, décontenancé.

A mi-voix, elle me donna l'explication de ce qui était sous mes yeux, à la portée de ma main, mais je ne bronchais pas.

— L'extrême-onction, chuchota la gitane.

J'eus la sensation d'entendre une exhortation venant de loin, des remous de mon adolescence. Rien n'était plus horrible à ma grand-mère maternelle, Caroline, que d'apprendre la mort de parents, d'amis ou d'inconnus, sans être oints des Saintes Huiles. Les paroles feutrées de mon père, prononcées après l'enterrement de Caroline, me parvinrent aussitôt. Il insinua, après l'éloge funèbre, que la chair de notre curé était prompte et son esprit faible. Jeu de mots facile, mais combien vrai et impressionnant.

Si j'avais eu la tentation de réveiller Mademoiselle Marguerite et de lui demander si elle désirait s'entretenir avec un prêtre, je n'aurais certainement pas prononcé l'expression que la gitane avait répétée avec une obstination agaçante. De quel droit aurais-je signifié à ma vieille amie qu'elle devait quitter la vie ?

Mademoiselle Marguerite ouvrit les yeux.

Me reconnaissait-elle ? Je n'en étais pas certain.

Je lui demandai si elle avait bien dormi ? Elle ne semblait pas comprendre ma question. Elle était épuisée, lointaine, absente, elle murmura : merci.

— Vous avez déjà été malade, Mademoiselle Marguerite, et on vous a toujours guérie, dis-je en détachant chaque mot.

Elle leva sa main estropiée :

— Ce que Dieu veut.

— Vous allez guérir, Mademoiselle.

— Je ne désire que ce que Dieu veut pour moi, dit-elle d'une voix étonnamment ferme.

Je devins instantanément prisonnier du doute et du soupçon. Comment pouvait-elle accepter avec un tel abandon, une telle simplicité, la mort ? Non, elle n'était certainement pas consciente de la gravité de son état, sans cela elle aurait peur comme moi. L'idée de la mort avait effrayé le Christ lui-même.

— J'ai soif, dit-elle d'une voix implorante.

Une main toucha mon épaule. La gitane était derrière mon dos, vêtue d'une robe de chambre jaune, ornée de fleurs rouges.

— Allez chercher l'aumônier, dit-elle d'un air menaçant.

Je me sentis immergé dans un monde inconnu sans

savoir y manœuvrer. Jouet d'une mer démontée, mes gestes étaient pourtant précis.

Je pris le verre, le remplis et le portai aux lèvres qui perdaient leur couleur. Ses longs yeux étaient tout à l'heure sans éclat, ils rayonnaient à présent d'une affection reconnaissante.

— J'y vais, dis-je à la gitane. Retournez dans votre lit.

— C'est pour elle, murmura-t-elle, mécontente.

Elle renifla le parfum des roses et se retira sur la pointe des pieds.

— Voulez-vous que je vous envoie un prêtre, Mademoiselle Marguerite ?

Elle me dévisagea sans mot dire puis, après la traversée d'un long silence, elle demanda :

— Pourquoi ?

Ma réponse était prête :

— Pour qu'il prie avec vous.

Elle leva un peu la tête et dit d'une voix claire :

— Je dois mourir, Maurice ?

Je la rassurai avec véhémence, répétant les messages du savant et jurant qu'elle vivrait jusqu'à cent ans. Et je fis le serment qu'à la place de l'eau minérale insipide, elle boirait bientôt du beaujolais ou du bordeaux, selon son choix.

Mademoiselle Marguerite suivait mes promesses avec un sourire serein, candide, indulgent.

— Vous êtes un disciple de Jésus. Un vrai. Vous changez l'eau en vin comme lui.

Ce furent ses dernières paroles.

Mais je ne le savais pas encore.

Lorsque la sonnerie d'appel du téléphone retentit, j'hésitai à prendre l'appareil.

Il était trois heures du matin ; la grosse aiguille du réveil carré, posé en biais sur ma table de nuit, avançait irrémédiablement, émiettant les secondes avec une rapidité folle. Ce cadeau d'anniversaire de Marie-Odette m'agaçait et, parfois, m'horripilait. Les minutes, les heures, les jours passaient trop vélocement, je n'avais guère besoin d'assister à la mort des secondes aussi.

— Veux-tu que je réponde ? demanda Marie-Odette d'une voix ensommeillée.

La honte de ma pusillanimité m'empêcha de lui répondre oui. Je m'assis au bord du lit, le visage entre les mains, glacé d'épouvante. Le hurlement de la sonnerie déchaîna un remous monstrueux entre les murs roses de notre chambre à coucher. Etais-je réveillé ou plongé dans les profondeurs d'un cauchemar ?

— C'est peut-être une erreur, dis-je en écoutant ma propre voix.

Ce n'était pas une erreur. Le tintamarre s'est éloigné et une voix impersonnelle annonça l'exécution du verdict que je refusais d'entendre dans la bouche d'un médecin de l'Hôtel-Dieu. La sarabande folle des secondes s'arrêta pour Mademoiselle Marguerite, son temps était consommé.

La voix lointaine me demanda si je voulais me charger de l'inhumation. Cette question me prit au dépourvu comme un outrage. Mettre sous terre Mademoiselle Marguerite cela signifiait que ses yeux immenses seraient détruits, que son doux et frêle visage deviendrait une tête de mort, que sa voix serait étouffée irrémédiablement.

Ce raisonnement était dérisoire, et faux par-dessus le marché. Je veux vous présenter la marchande de journaux en chair et non pas en os. Vous pouvez lui rendre visite sous son parasol, boire un bon verre de vin rouge avec elle au comptoir du café-restaurant et, surtout, surtout, partager ses songes. Une vraie femme est une source de songes ou elle n'a qu'une fausse existence.

L'employé anonyme de l'Hôtel-Dieu interpréta à sa manière mon silence.

— Dans ce cas-là, nous donnerons le corps aux étudiants en médecine.

— Vous êtes fou ! m'écriai-je.

Puis, je le priai de m'excuser en ajoutant que je me rendrais aux premières heures de la matinée à l'hôpital afin de prendre des dispositions.

— Elle avait quatre-vingt-trois ans, Maurice, dit Marie-Odette lorsque j'eus terminé la conversation. Les ailes de ses narines tremblaient. Elle étouffait, les lèvres closes, un bâillement.

— Quatre-vingt-trois ans ! Mon oncle Jacques a vécu jusqu'à l'âge de quatre-vingt-seize ans.

Marie-Odette croisa les bords de sa liseuse blanche :

— Maurice, ton oncle était un chêne, entouré de médecins et d'infirmières, gâté par ses enfants et petits-enfants. Tandis que Marguerite... Tu devrais considérer comme un miracle qu'elle ait pu tenir si longtemps. — D'un mouvement rapide, elle sortit du lit. — Je vais te préparer une boisson, veux-tu ?

J'enfilai ma robe de chambre. De l'air.

Je tirai le rideau et, instantanément, les haleines de cette nuit de juin unique me caressèrent le visage comme une main. La lune était juste en face de moi, blonde, un peu entamée. On se regardait, en s'interrogeant silencieusement. Je ne comprenais rien à sa question, la mienne était inspirée d'un dessin que l'oncle Jacques, versé dans les sciences occultes et la littérature ésotérique, me montra, lorsque je portais encore des culottes courtes. Ce dessin représentait une énorme balance placée dans un paysage plat et pierreux de la lune et, devant elle, les âmes des défunts faisaient la queue pour y être pesées. Mon imagination ne se lassa pas de l'évocation de cette balance mystérieuse, pourtant l'oncle ne m'avait pas indiqué les conditions de la pesée. Elle ne me concernait d'ailleurs que très vaguement, la mort étant l'affaire des adultes ou des enfants malingres.

A cet instant même de la nuit, la lune changea d'aspect et je vis l'ange-juge, enveloppé d'un large manteau pourpre, accueillir devant la balance l'âme de Mademoiselle Marguerite.

C'était une imposture. Je me jouais la comédie.

Je voyais bien la lune, je distinguais bien Mademoiselle Marguerite, il n'y avait pas de balance et pas d'ange. Elle s'appuyait sur le comptoir devant la glace murale, ses yeux clairs fixés sur moi, immobile et indifférente. « Un camembert, Mademoiselle Marguerite ? » Pas de réponse. J'étais exclu de son royaume.

Je repoussai le rideau violemment. Marie-Odette avait raison : il faudrait me soumettre à une psychothérapie. Mais non, tout allait pour le mieux. Il est connu que la lune trouble parfois l'âme la plus équilibrée.

Marie-Odette revint avec un verre couleur de fumée à la main et un sourire maternel aux lèvres. Grande, mince, les cheveux blonds en désordre, la démarche glissante, elle avait quarante-cinq ans de moins que Mademoiselle Marguerite. Et moi de même. Pourtant, il y a si longtemps que je vis.

Marie-Odette voudrait que je lui raconte en détail la vie de Mademoiselle Marguerite. Interloqué, je découvre que j'ignore presque tout de son passé. Fille de salle, bonne à tout faire, marchande de journaux, voilà sa biographie. Elle n'est guère passionnante ; je préfère donc garder le silence. Marie-Odette n'insiste pas. J'évoque gauchement quelques moments de son agonie, sa sérénité incompréhensible devant la mort.

Je retrouve la même sérénité, plus figée peut-être, sur son visage dans la *chambre froide* horrible de l'Hôtel-Dieu. Le cliché est tout prêt : elle semble dormir. Non, Mademoiselle Marguerite ne dort pas : elle est indifférente. Elle est ailleurs comme lorsqu'elle disait son chapelet sous son parasol. Seulement, en m'apercevant, la joie avait éclairé ses yeux : « J'ai justement pensé à vous ». Elle ne pense plus à moi. J'ai cessé d'exister.

— L'éternité, murmure Marie-Odette dans le couloir. Elle doit tout de même exister, ne penses-tu pas ?

— L'éternité ? Quelle éternité ? Elle est morte et je ne la reverrai plus.

— Tu aimes Marguerite et elle t'a aimé, c'est cela, probablement, l'éternité.

— Tu parles comme un curé.

Un point d'or s'allume dans ses prunelles :

— Je parle comme quelqu'un qui a finalement compris le secret de vos relations.

Nous suivons un long couloir vide qui sent l'iodoforme. Elle s'arrête et m'observe entre ses cils. Je fais un pas vers elle :

— Tu connais notre secret ?

— Oui, Maurice, dit-elle et elle avance les mains comme pour demander pardon.

Je la prends par les épaules :

— Alors ?

Les yeux baissés, elle prononce :

— La fidélité.

— Quoi ?

— La fidélité à un plus grand que vous deux.

— A ton détriment ?

— Au détriment de personne, répond-elle rapidement en me regardant bien en face. Marguerite ne savait pas que tu étais marié. Vous avez eu d'autres sujets de conversation que ta vie familiale. Elle me l'a fait comprendre, elle-même, quand je suis allée la voir après notre dîner avec Rosen. Son homme d'affaires était célibataire, orphelin, détaché de tous les liens, de toutes les obligations de cette terre. Sauf, naturellement, de ceux qui vous ont unis tous les deux. Je me sentais mesquine, médiocre et, près de cette petite bonne femme, j'ai compris la signification d'un mot galvaudé. La grâce, c'est d'aimer un homme qui se laisse séduire par une star comme Marguerite. Car, si je ne crois guère que la grâce soit une eau vive qui traverse des existences d'une manière ou d'une autre, je suis convaincue qu'elle a des théâtres et aussi des vedettes.

Je ne peux m'empêcher de sourire :

— Tu ajouterais un chapitre complémentaire à ton bouquin.

— Possible, dit-elle, songeuse. L'International, ce n'est pas l'International des prolétaires ou des nouveaux bourgeois des usines et des entreprises, mais celui des médiocres satisfaits. Mounier le démontre admirablement, je t'en reparlerai.

⁂

Le bureau des pompes funèbres de l'Hôtel-Dieu ne ressemble guère à un salon de couture et pourtant la courtoisie, la préciosité, les explications volubiles de l'employé eussent facilement pu faire croire que j'étais venu pour commander une robe de bal pour Marie-Odette et non pas un cercueil pour Mademoiselle Marguerite. Il y en avait pour tous les goûts et tous les prix, et l'homme aux cheveux noirs bouclés nous montra ses catalogues avec un sourire aguichant et des gestes onctueux, comme un couturier présentant ses modèles amoureusement élaborés.

J'étais mal à l'aise, perplexe, intimidé. Dès que j'arrêtai mon choix, l'employé me proposa une autre bière, de meilleure qualité, mieux garnie, plus chère. Sa courtoisie débonnaire ne l'empêcha pas de me faire comprendre que l'avarice était un vilain défaut et que mon devoir élémentaire envers la défunte consistait à lui offrir un cercueil en bois de chêne avec des poignées argentées, et capitonné de soie. Lorsqu'il m'invita à ajouter un petit coussin supplémentaire, *léger, mais bien rembourré,* Marie-Odette intervint.

D'un ton sec et ferme, elle demanda à l'employé de prendre note de mon choix et, avec l'agilité d'un bateleur, elle sortit de son sac blanc un carnet de chèques.

— Ah, dit l'employé déçu. C'est pour Madame ?

— Aucune importance. Veuillez faire la note.

L'employé prit un stylo à bille vert entre ses doigts aux ongles rongés et se mit à remplir une feuille. Il additionna longuement, laborieusement puis, en grattant sa petite moustache, il demanda :

— Y aura-t-il un service religieux, Madame ?

Marie-Odette m'interrogea du regard :

— Évidemment, dit-elle.

— À la chapelle de l'Hôtel-Dieu ?

Sereine et impénétrable, Marie-Odette acquiesça de la tête. Après avoir examiné la note que l'employé posa devant son sac, elle remplit le chèque et le signa. Elle me lança un coup d'œil complice, attendri, mais je suis resté impassible. Je me sentais démembré dans ce bureau impersonnel, odieux, fantastique. Un lieu où l'on avait traité la mort de Mademoiselle Marguerite comme une opération commerciale.

***

Dans la rue, enveloppée par la lumière fiévreuse de l'été, Marie-Odette se mit à parodier l'employé des pompes funèbres. Elle était rayonnante d'humour, de tendresse, de compassion, devinant et comprenant tout. Nous avançâmes lentement dans la foule. Je la laissai parler, j'écoutai sa voix un peu enrouée sans lui répondre.

Je contemplai les ponts encombrés de voitures, des bâtiments fraîchement blanchis, les boîtes vertes des bouquinistes assis devant leurs marchandises en proie à la tristesse et à l'ennui.

La disparition de Mademoiselle Marguerite mit fin à une partie de ma vie et une autre commençait. Laquelle ? « Les morts ont l'existence courte », répétait souvent et amèrement ma grand-mère Caroline. Pour elle, le décès de son mari, de ses sœurs ou d'autres personnes aimées, n'était qu'une séparation provisoire ; pour les autres membres de la famille, l'enterrement marquait le dernier acte irrémédiable d'une vie longue ou courte. Seule Caroline continua à parler des disparus, familièrement, avec une fidélité scrupuleuse et, parfois, agaçante.

— Regarde, Maurice, dit soudain Marie-Odette en désignant d'un doigt la façade de Notre-Dame.

La magie de la beauté ! Mes pensées moroses furent instantanément transformées en joie. J'en étais bouleversé.

Les yeux grands ouverts, je suivais pas à pas l'envahisseur, le voleur. L'amas de pierre somptueux baigné dans le déluge du soleil me dérobait l'image de Mademoiselle Marguerite. Je détournai la tête et fixai du regard le bâtiment jaune de la Préfecture, puis la porte d'entrée de l'Hôtel-Dieu où reposait l'amie dans une chambre vide et glaciale.

Le bruit des freins d'un autocar me fit sursauter. Il déversa des touristes américains, vêtus de robes et de chemises bariolées, parlant fort et braquant leurs appareils de photo sur la cathédrale voleuse. Je poussai un soupir d'impatience.

— Qu'est-ce que tu as ? dit Marie-Odette. Viens, allons prendre un verre.

Nous fîmes quelques pas et, soudain, un renversement s'opéra en moi. Je ressentis une joie enfantine, incompréhensible. Comment était-il possible que l'idée subite et envahissante ne se fût pas présentée dans mon esprit déjà la nuit ou au bureau des pompes funèbres.

— Pourquoi ris-tu ? dit Marie-Odette d'un air inquiet.

— Tu m'as dit quelquefois que j'avais l'esprit d'escalier. Eh bien, tu constateras cette fois-ci que je suis en progrès.

Elle me considéra les lèvres serrées.

— Sais-tu ce que je vais faire, Marie-Odette ? Ce que je n'ai jamais réalisé quand elle était vivante, parce que je n'y ai jamais pensé, j'emmènerai Mademoiselle Marguerite à Notre-Dame. — Et, cédant

avec euphorie à la grandiloquence, je m'écriai :
— A une grande dame, une cathédrale.

***

Dans la vaste sacristie brune de Notre-Dame, le vicaire m'écouta de la manière courtoise d'un homme surmené, qui avait hâte de terminer l'entretien. Il avait des cils longs, des sourcils blancs bien dessinés, des prunelles noires, le teint rose d'un acteur vieillissant. Le regard fauve accompagnait mon récit, mais il se reposait de temps en temps sur les cheveux, les lèvres et les bras nus de Marie-Odette.

Etait-ce à cause de la boiserie d'un siècle lointain, brillante, sentant l'encaustique, un décor moyenâgeux, romantique à souhait, que je me figurais sur une scène ? Je m'attribuai le rôle principal, un double rôle, puisque j'ai été à la fois Mademoiselle Marguerite et l'homme d'affaires tout-puissant et omniscient.

Au fur et à mesure que j'avançais dans mon histoire dialoguée, l'attention du vicaire se réveilla.

Le prêtre et Marie-Odette devinrent mon public, des spectateurs enthousiastes et admiratifs, ce qui m'incita à hausser le ton et à amplifier la représentation.

Mademoiselle Marguerite était avec nous, parmi

nous, dans l'espace s'ouvrant sur l'infini : sous le parasol, devant le comptoir, dans sa chambre blanche avec le violon sur le mur. Elle nous offrit la côte de veau avancée, la Sainte-Famille, des verres de bon vin rouge, des billets de banque ornés du portrait de Victor Hugo, *le Monde* parce qu'il est le plus cher. Elle nous présenta le scandaleux artiste, l'unijambiste misogyne, Madame Dimanche, la concierge autrichienne, meurtrière d'une chatte que j'avais ressuscitée des morts, le curé de Notre-Dame-des-Victoires, fulminant contre le péché de gourmandise, le protestant vertueux et serviable, le balayeur de la rue irrévérencieux envers les vierges, le savant, prophète et bonne fourchette.

Par ma voix, elle nous communiqua les secrets inédits des Evangiles et le naturel, la puissance et l'humour involontaire de sa foi. Nous l'écoutâmes émus et ébahis, moi le premier.

D'un geste lent, le vicaire posa le coupe-papier sur le bureau et en s'éclaircissant la voix, il demanda :

— Quel est votre métier, Monsieur ?

Le spectacle était terminé, les personnages évanouis, les décors dispersés.

Il fit une mine étonnée :

— Ingénieur ? Je ne sais pas qui vous êtes, cher Monsieur, mais je dois vous rendre cette justice : on ne s'ennuie pas avec vous. Dans ces lieux où je reçois des dizaines de personnes journellement la distraction, dont parle Pascal, n'est pas monnaie courante et l'expression de la joie de croire encore moins. On dirait que le christianisme est devenu une fontaine d'ennui, d'affliction, une espèce de routine ténébreuse et désagrégeante. Dieu appartient à tout le monde, bien sûr, mais aux frigides ou aux tièdes, il préfère les passionnés. Mettons-nous à sa place.

Le regard fixé au plafond, il eut un sourire :

— J'aime exprimer mes pensées, je me permets donc de vous dire qu'un numéro comme le vôtre est plutôt rare. Ne vous offusquez pas, j'ai horreur des mots pompeux, des fioritures et des coups d'encensoir. Bon. Avant que vous frappiez à la porte de la sacristie, j'ai relu quelques pages d'un ouvrage qui n'est pas très estimé à Rome, mais cela n'a guère d'importance.

Il prit un livre à couverture bleue, le feuilleta un moment et son doigt s'arrêta à la page cherchée.

— Enfin, dit-il gaiement. Voyons... Oui, c'est cela. Eh bien, avec votre permission, je vais vous lire un court passage de ce texte, qui aurait pu être dédié à votre marchande de journaux.

Ce fut le tour du vicaire d'entrer en scène. Il avait une diction nette, riche, chantante d'un comédien professionnel et ses « r » bourguignons augmentaient la saveur du texte.

Je n'avais retenu que les premiers mots : « Celui qui aimera passionnément Jésus... » que j'avais complétés quelques jours plus tard, ayant acquis le livre. *Celui qui aimera passionnément Jésus caché dans les forces qui font grandir la terre, la terre maternellement le soulèvera dans ses bras géants et elle lui fera contempler le visage de Dieu.* Ce prêtre bizarre avait mieux compris l'essentiel de la personnalité de Mademoiselle Marguerite que moi qui connaissais pourtant quelques-uns de ses secrets.

Il se leva et ouvrit les bras comme s'il voulait me donner l'accolade :

— Me feriez-vous le plaisir d'accepter une boisson rafraîchissante ? J'ai une petite bouteille de Pouilly au frais, très appropriée, me semble-t-il, pour arroser la joie de notre rencontre. Pardon, Madame, je passe devant vous pour vous montrer le chemin.

Ce chemin nous menait au presbytère, à l'appartement du vicaire, de douze fenêtres donnant sur la Seine et de douze autres sur les murs en dentelles de Notre-Dame.

Vêtu d'une chasuble brodée de noir et d'argent, le vicaire s'inclina devant l'autel en même temps que Louis Rosen, qui avait interrompu ses vacances pour venir servir la messe. Les grandes orgues retentirent et les voix chaudes et sombres du chœur d'hommes. entonnèrent le *Requiem aeternam*.

Le cercueil disparaissait sous les couronnes de roses rouges que les directions des journaux du soir avaient envoyées à Mademoiselle Marguerite. La mienne était blanche, naturellement.

Qui avait vécu, travaillé, aimé, souffert et était mort plus simplement que la marchande de journaux ? Et la voilà entourée de la magnificence de Notre-Dame et couverte de fleurs comme une reine. Le spectacle relevait davantage du songe que de la réalité, mais j'avais toujours considéré que Mademoiselle Marguerite habitait le pays des merveilles où, grâce à son hospitalité, j'ai été admis temporairement.

Le crucifix doré, les cierges longs et effilés, le vicaire aux épaules puissantes, Louis grave et recueilli, les cheveux couleur de miel de Marie-Odette baignaient dans la lumière vaporeuse des vitraux et les chants du chœur invisible, lugubres et menaçants, semblaient sortir des voûtes, rehaussées de feuillage.

Marie-Odette me chuchota à l'oreille :

— Que dirait Marguerite si elle était présente ?

Je ne répondis rien parce qu'elle était présente. Elle m'enveloppa de ses grands yeux émerveillés.

— *Comme elle est belle cette église. Elle est beaucoup plus belle que Notre-Dame-des-Victoires. Et que de fleurs, mon Dieu. Monsieur a dépensé trop pour cette messe.*

— *Non, Mademoiselle Marguerite. Le vicaire la célèbre pour vous, gratuitement.*

— *Il est brave. Il faudrait lui donner quand même quelque chose.*

— *J'ai un chèque pour lui dans ma poche, Mademoiselle Marguerite.*

— *Vous êtes gentil. Mais... le Monsieur qui lit l'Epître, c'est le savant.*

— *Vous ne lui en voulez pas ?*

— *Oh, non. Vivre jusqu'à quatre-vingt-trois ans ou cent, quelle différence ? Il faut aller ailleurs un jour de toute façon. Je ne voudrais pas vous fâcher, mais je crois deviner que le savant c'était plutôt vous que Monsieur Rosen.*

Nous écoutâmes la voix du faux savant :

— Quand j'aurais le don de prophétie et que je connaîtrais tous les mystères et toute la science, quand j'aurais la plénitude de la foi, une foi à transporter les montagnes, si je n'ai pas l'amour, je ne suis rien. Quand...

— *Il a une belle voix, Monsieur Rosen. Mais ce n'est pas cette Epître qu'on lit à la messe d'enterrement.*

— *Le vicaire l'avait choisie exprès pour vous, Mademoiselle.*

— *Pourquoi Monsieur Rosen dit : amour ? Saint Paul a écrit : charité.*

— *Parce que le savant, c'est-à-dire Louis, n'aime pas ce mot.*

Le vicaire se leva et, en ouvrant l'Evangile, alla prendre la place de Rosen.

— *Il a une belle robe, Monsieur le Curé. Et il lit bien, lui aussi. J'aime beaucoup l'histoire de Lazare, mais elle est triste quand même.*

Nous écoutâmes la voix du vicaire :

— Alors Jésus leva les yeux au ciel et dit : « Père je te rends grâce de m'avoir exaucé. » Cela dit, il cria d'une voix forte : « Lazare sors. » Et le mort sortit, les pieds et les mains liés de bandelettes, et le visage enveloppé d'un suaire. Jésus leur dit : « Déliez-le et laissez-le aller. »

— *Non, Maurice, non, ne vous faites pas d'idées inutiles. Il ne viendra pas pour dire : « Marguerite sors ». Lazare a dû mourir deux fois, une seule mort suffit pour moi. Une autre marchande de journaux a déjà occupé ma place et on a mis les scellés sur la porte de ma chambre.*

Le vicaire baisa l'Evangile et fit un pas en arrière en fixant un à un les garçons de café endimanchés, la caissière portant un chapeau de paille, l'artiste sans cravate, l'unijambiste flottant dans une veste noire, le balayeur de la rue en bleu de travail, les chauffeurs de taxi, casquettes à la main, la concierge autrichienne avec son bébé dans les bras, Mme de Brancion pâle, recueillie, les délégués de la G.G.T. raides et dépaysés et le protestant qui se tenait ostensiblement à l'écart.

Chacun à sa manière était saisi, intrigué, rêveur, surpris ou ravi. Ce fut un public inhabituel pour le vicaire, un public qui, à part Mme de Brancion et Louis Rosen, ne franchissait guère le seuil de Notre-Dame. Ils promenaient leurs regards entre les couronnes de fleurs fastueuses et la pompe de la cathédrale en parlant à mi-voix entre eux, comme s'ils voulaient être rassurés qu'ils ne s'étaient pas trompés d'enterrement. Ma présence, la présence de l'homme d'affaires, était finalement la garantie que derrière les roses qui nous embaumaient se trouvait Mademoiselle Marguerite.

— Cette église, commença le vicaire, et il resta muet un moment. Cette église, foyer privilégié de la beauté, du charme, de la chaleur et, oui, de la grandeur de notre religion, se transforme de plus en plus en un musée que l'on visite comme on visite le Louvre ou l'Orangerie. On peut le regretter, certes, mais nous devrions alors déplorer aussi la fameuse question, que dis-je, la provocation de l'Evangile : « Et quand le Christ reviendra, trouvera-t-il encore la foi sur cette terre ? » Vous lisez dans les journaux que certains prêtres veulent se marier, que d'autres s'engagent dans les actions politiques qui visent la destruction de l'Eglise, de toutes les Eglises, que d'autres encore désirent transformer l'Eglise en une vaste Sécurité Sociale dont ils évacueraient l'essentiel, c'est-à-dire le sens même de notre courte existence. Mais ce n'est pas cela qui est grave. Ce qui est grave pour un prêtre, pour un chrétien, c'est de répondre par l'affirmative à la question de l'Evangile.

Il tendit ses larges mains ouvertes vers le cercueil :

— Et pourtant, la foi existe, patiente, vigilante et joyeuse comme celle de Marguerite Belzung. Cette marchande de journaux avait tout simplement reconnu que derrière les choses visibles se trouve l'invisible, que le naturel n'est qu'une forme tangible du surnaturel et qu'une joie demeure en nous, une joie si mystérieuse et si profonde que rien ne saurait l'altérer. Invisible, surnatuel, joie mystérieuse, ces mots auraient peut-être fait sourire Marguerite...

— *Non, Monsieur le Curé, je n'aurais pas souri. Je n'aurais pas souri parce que je savais que le vin rouge que j'avais offert avec joie à mon homme d'affaires sortait des grappes de raisin et que les grappes sont nées d'un grain enfoui dans la terre. L'invisible c'est le soleil dans le vin et le surnaturel est la naissance du soleil et ce qui se trouve derrière sa chaleur et sa lumière.*

— Un prix Nobel de littérature, poursuivit le vicaire d'une voix plus claire, affirme que le christianisme tient tout entier dans cette incroyable nouvelle que la créature est aimée de son Créateur et, ce qui lui paraît plus étonnant encore, qu'elle aussi, toute misérable qu'elle est, se trouve capable d'aimer son Créateur. Que c'est étrange, dit-il, quand on y pense, d'aimer l'Etre infini, d'appeler l'Etre infini : « Notre Père ». Ce fut étrange pour l'éminent écrivain, pas pour Marguerite. Est-ce parce que la marchande de journaux était une élue et l'illustre membre de l'Académie française n'est encore qu'un appelé ?

Il leva une main qui semblait désigner un vitrail bleu-rose resplendissant dans le soleil.

— Car l'Evangile n'a qu'une seule clé, mes amis. Beaucoup d'appelés, peu d'élus, voilà la clé. Libre à nous de l'accepter ou de la refuser. Nous sommes libres d'aller à la recherche de cette clé-là ou d'une autre que nous procure, en échange de quelques billets de banque et même à crédit, les marchands d'automobiles. Marguerite posséda la clé première, elle avait vécu et elle était morte, la serrant contre sa poitrine.

Le *Dies irae* de Mozart nous enveloppa. Mais c'était le jour de la tendresse exprimée dans le langage de l'enfance, une tendresse qui descendait sur l'assistance. L'artiste se moucha bruyamment, la caissière s'essuya les yeux et l'unijambiste gonfla ses joues rouges comme pour reprendre souffle. Marie-Odette me toucha le bras et eut un sourire complice.

La voix du vicaire se leva :

— Souviens-toi de Marguerite qui nous a précédés, marquée du signe de la grâce et qui dort dans la paix...

— *Comme ils sont tous étonnés, Maurice. Regardez la marchande de chapeaux près de Madame Dimanche, elles n'en reviennent pas.*

Le vicaire montra l'hostie et fit la génuflexion :

— Ceci est mon corps livré pour tous...

— *L'unijambiste est venu et l'artiste aussi, le balayeur et même l'Autrichienne. Ils ont tous mis leurs plus beaux vêtements pour me dire au revoir.*

Le vicaire se mit à psalmodier.

— *Et votre femme est là aussi. Elle a de beaux cheveux. Mais vous ne m'aviez jamais dit que vous étiez marié, Maurice.*

— Comme nous l'avons appris du Seigneur et selon son commandement nous osons dire : Notre Père...

— *Pourquoi ne priez-vous pas tout haut, Maurice ? Vous êtes mon homme d'affaires. On vous regarde ? Et après ?*

— *Vous avez caché, vous aussi, vos prières, Mademoiselle Marguerite.*

— *J'avais tort, Maurice. Monsieur le Curé a dit tout à l'heure que j'ai été une élue. Je ne sais pas ce que c'est qu'une élue, j'ai vécu, sans avoir un homme, une vie d'amour. Mais ce n'était pas le repos et le confort. C'est difficile et dur d'aimer quelqu'un qu'on ne voit pas. Un recommencement de tous les jours, voilà ce que c'était. Quand je ne pouvais pas prier, alors je disais : « Seigneur ayez pitié de moi » ou « Mon Dieu, je vous aime ». Etait-ce bête ?*

Le vicaire prit le ciboire :

— Voici l'Agneau de Dieu qui enlève le péché du monde...

J'entendis dans un murmure vague la voix de Mme de Brancion :

— Seigneur, je ne suis pas digne de te recevoir...

— *Maurice...*

— *Oui, Mademoiselle.*

— *Essayez.*

— Je ne suis pas digne... murmurai-je en suivant la voix de Mme de Brancion.

Le vicaire communia et donna la communion à Rosen sans l'offrir aux assistants. Son visage était fermé, dur. Craignait-il ce monde insolite ?

Rosen était debout, isolé, absent, comme toujours après la communion. Le vicaire le regarda fixement, s'inclina devant le crucifix et sortit une feuille de son livre de messe.

— Pour la première fois dans cette cathédrale qui a vu tous les grands de ce monde depuis près de huit siècles, je vais lire le texte d'un laïc, d'un frère de Marguerite, mort comme elle dans la pauvreté. Ecoutez, mes amis, la prière de Georges Bernanos.

— « La Vierge était l'innocence... dit-il après un silence en s'éclaircissant la voix. Elle n'a eu ni triomphe ni miracles. Son Fils n'a pas permis que la gloire humaine l'effleurât, même du plus fin bout de sa grande aile. Le regard de la Vierge est le seul regard vraiment enfantin, le seul regard d'enfant qui se soit jamais levé sur notre honte et notre malheur. Oui, pour la bien prier, il faut sentir sur soi ce regard qui n'est pas tout à fait celui de l'indulgence, mais de la tendre compassion, de la surprise douloureuse, d'on ne sait quel sentiment encore, inconcevable, qui la fait plus jeune que le péché, plus jeune que la race dont elle est issue, et, bien que Mère par la grâce, Mère des grâces, la cadette du genre humain. »

Il braqua son regard fauve sur moi et dessina de sa main un large signe de croix :

— Que Dieu tout-puissant bénisse Marguerite et Georges Bernanos, ces jumeaux, et vous tous, croyants, sceptiques et incroyants.

Ce fut le tumulte autour de moi dans la forêt des roses rouges que les employés des pompes funèbres bouleversaient avec une précipitation glaciale. Les chauffeurs de taxi, l'unijambiste, les garçons de café, prononçaient des phrases inachevées, des mots sans suite, émus ou embarrassés. Je serrai des mains inconnues. Etait-ce Madame Dimanche, était-ce la marchande de chapeaux ? Mme de Brancion m'embrassa sur les deux joues et Rosen s'excusa de ne pouvoir m'accompagner jusqu'au cimetière.

Le crâne rasé du gérant du café-restaurant surgit des ténèbres de la cathédrale :

— C'est une grande perte pour nous tous, Monsieur Laurentin. — Puis, fermant un œil, il ajouta : — Savez-vous que Marguerite a laissé six millions ?

— Six millions ? dis-je sèchement. En êtes-vous sûr ?

Il désigna du menton l'autel, le grand vitrail, une statue :

— Voyons, Monsieur... Avoir une messe d'enterrement à Notre-Dame ! Ce n'est pas moi qui pourrais me permettre un luxe pareil.

Les employés, pressés, s'éloignaient avec les couronnes. Le cercueil resta nu.

— Ces fleurs... murmura quelqu'un derrière mon dos. Comme pour une grande vedette.

— *Vous êtes devenue riche, Mademoiselle Marguerite...*

— *Oui, Maurice. Quand j'irai mieux, je vous offrirai... Non, je ne peux rien offrir sauf, naturellement : tout.*

La voiture noire démarra. Nous n'étions que deux à tenir compagnie à Mademoiselle Marguerite.

FIN

P.S. — *Non, M. Lucien Farago. Notre histoire n'a pas de fin, n'est-ce pas, Maurice ?*

— ACHEVÉ D'IMPRIMER —
LE 20 OCTOBRE 1977
SUR LES PRESSES
DE
L'IMPRIMERIE
CARLO DESCAMPS
CONDÉ-SUR-L'ESCAUT

Dépôt légal : 4e trimestre 1977
N° d'éditeur : 6808
N° d'impression : 1403
Imprimé en France